AUTOPSIE DE FAITS DIVERS

(OU PETITES RIVALITÉS ENTRE VOISINS)

Jean ETIENNE

INTRODUCTION

La zone commerciale est là, le parking accueille ses voitures. Il y a de la place. À intervalles réguliers on voit les garages à chariots. Il en reste sagement encastrés, tous ne sont pas utilisés. On voit aussi la station service sur le chemin de la sortie.

D'une voiture descendent deux personnes âgées. Madame a des difficultés pour sortir du véhicule, elle est aidée par son mari. Il lui tient le bras afin de faciliter ses déplacements. Il lui donne un chariot, cela lui permettra de marcher plus sûrement, si ce n'est plus correctement, pendant qu'il le tiendra pour la guider à travers les rayons. À pas mesurés ils se retrouvent à l'entrée du magasin. Elle ne le remarque pas mais lui voit un couple avec ses deux enfants en discussion avec la responsable de l'accueil. Il la reconnaît, c'est elle. Il fait un peu de bruit pour attirer son attention, elle se retourne, elle croise son regard. Celui-ci est indifférent, elle retourne à sa discussion. Il est un peu frustré. Ce peut-il qu'elle n'ai pas compris ? Il faudra que je sois plus convaincant la prochaine fois pensa-t-il.

La fille du couple tapote le coude de sa mère. Elle veut lui rappeler sa promesse de les emmener goûter au King Mac Fried Burger. Son frère, capuche sur la tête, mains dans les poches, scrute les alentours, il espère qu'il soit là. Il y a de grande chance, ils n'ont pas encore l'âge de fréquenter les bars. Le KMcFB est quasiment leur seul point de rendez-vous à l'abri des intempéries, mais pas des regards et des rumeurs. Les parents ont eu leur renseignement. Maman prend sa fille par la main et papa tape sur l'épaule de son fils pour le faire réagir. Il traîne un peu des pieds, il ne semble pas vraiment satisfait d'aller dans ce fast-food, il râle un peu. Mais son cœur bat, tiraillé par des sentiments contraires.

Le couple âgé croise dans les rayons un jeune couple de leur connaissance. Madame qui pousse le chariot reconnaît très bien la jeune femme. Elle est ravie de la voir ici dans d'autres circonstances. Après ces petits bavardages d'usages, la conversation ne peut pas s'éterniser. Petits chocs de chariots, excuses crispées, il ne faut pas bloquer l'accès aux produits bio. Rien de grave, ils savent qu'ils vont nécessairement se revoir très bientôt. Ils ne le savent pas encore mais ils se retrouveront à la caisse pour assister à une scène assez désagréable, heureusement pas coutumière.

En s'approchant du KMcFB, la petite famille entend de plus en plus distinctement un son inhabituel pour cet endroit. Une musique assez forte vient d'une table bien précise et de ses occupants bien connus dans la communauté. Ils n'ont pas la discrétion, ni tout à fait le même genre (c'est une litote) de ceux qui entrent ici habituellement, même si tout le monde y est accueilli comme il vient, sans souci.

Attablé, un couple et ses deux enfants. Une enceinte connectée crache sa musique, ce streaming a tout pour

4

ravager les oreilles les moins mélomanes. Ce n'est pas l'heure d'un repas mais ils mangent un hamburger avec des frites, on voit aussi le gobelet d'une glace attendant d'être avalée. Leurs rires sont aussi gras qu'eux. Lorsque le garçon voit l'autre qui entre, il est directement interpellé, à la limite de la grossièreté. Nouveau rire de ses parents et gène des arrivants qui vont se faire discrets derrière le panneau de commandes. Bientôt les bruyants partiront quand il ne restera sur la table que les reliefs de ce repas, ils n'ont pas la décence de desservir en mettant les rebuts à la poubelle. Ce lieu retrouvera sa quiétude, ils pourront passer ce petit moment familial tranquille. Ils entendront quand même quelques lointains éclats de voix et verront la course d'un vigile pressé.

Le couple de personne âgées ainsi que le jeune couple se retrouvent à deux caisses d'intervalles, ils échangent des sourires mais des bruits accaparent leur attention. Ils se retournent vers la caisse centrale où, on ne sait pas pourquoi, une famille fait un raffuts de tous les diables. D'où ils sont ils ne comprennent pas les motifs de la dispute mais elle a l'air sévère car un vigile intervient pour calmer tout le monde. Il y arrive tant bien que mal, des jurons l'accompagnent jusqu'à la sortie. Le calme revenu signe la fin de l'histoire.

Nous venons de faire la connaissance de quatre familles, très sensiblement différentes les unes des autres. Qui sont-elles ? Que font-elles ? Pourquoi sont-elles ici ? Quelle est leur histoire ?

Nous allons voir ça.

DE L'URBANISME

(ou comment en sont-ils arrivés là, premiers éléments)

La distinction classique entre habitat aggloméré et habitat dispersé est un outil commode des géographes pour qualifier les campagnes maillées d'exploitations où résident les gens et les villages où ils habitent les uns à côté des autres, laissant aux rares villes la concentration autour des formes du pouvoir. Affaire de climat ? Affaire de cultures ? Mais l'évolution, inéluctablement, a brouillé cette simplicité première. Depuis que les hommes ont eu la nécessité de construire et d'habiter dans autre chose que des villages, il a existé un habitat fortement concentré, extrêmement aggloméré, sinon la place aurait manqué. On est même passé parfois de l'habitat individuel à l'habitat collectif faisant référence aux théories et pratiques socialistes...

En revanche, la configuration de ces habitats a bien changé depuis le début de l'ère industrielle, avec le commencement de l'exode rural et les progrès dans les matériaux de construction. Ces derniers ont permis, grâce à leurs nouveautés, de verticaliser à outrance les logements. Les campagnes se vidaient de leurs occupants, la mécanisation rendant les petites exploitations non rentables. À titre d'exemple, au début du XXème siècle, la moyenne des exploitations dans le département du Gers était de cinq hectares. Maintenant, elles font au minimum entre cent et cent cinquante hectares. On ne fera pas le calcul mais à l'échelle du pays, le nombre de ruraux qui arrivaient en ville était considérable. Celles-ci grandissaient et il fallait trouver un moyen de loger toute cette population qui devait devenir une main d'œuvre. Les taudis insalubres et les bidonvilles ont été très progressivement remplacés, même s'il en reste encore.

Les progrès ont permis un changement de qualité dans les logements. L'eau, le gaz, l'électricité, le tout-à-l'égout, le béton, les ascenseurs. Le progrès technique favorise l'ascension sociale ainsi que le pouvoir d'achat. On est locataire pour, un jour, espérer devenir propriétaire. On est dans l'ère moderne, on ne veut plus habiter dans ces logements vétustes du centre-ville, sans confort. Il faut être moderne. On est une masse qui s'amasse dans ces tours et ces barres aux appartements identiques. Ici pas de disparité. Il ne faut pas se tromper d'étage et être sûr de bien mettre son nom sur la porte, avoir le bon numéro. Gare au visiteur distrait qui n'aura pas bien écouté les indications, il aura toutes les chances de se perdre.

Il fallait construire vite, donc rationaliser les plans (reproductibles à l'infini), les méthodes et les matériaux. Pour une économie de main d'œuvre aussi. La seule différence était la dimension de l'appartement, trois, quatre, cinq pièces, séjour, cuisine, salle de bain. On l'a dit : c'était rationnel, pratique, mais cela manquait un peu de courage architectural. Les idées de Le Corbusier n'ont pas souvent été reprises, les promoteurs et leurs serviteurs politiques ont toujours été avares en beauté architecturale.

Parce que l'habitat avait bien changé en peu de temps. La ruralité et l'urbanité avaient maintenant des géographies bien différentes. On parlait même de « rurbanité » avec leurs habitants, les « rurbains » : habitants la campagne mais travaillant en ville et n'ayant aucun rapport avec le monde agricole si ce n'est que le lotissement a été construit sur un ancien champ par la grâce du Plan d'Occupation des Sols, du Plan Local d'Urbanisme et des rapports plus ou moins bons que les agriculteurs entretenaient avec les administrations de tutelle.

Les villes et les villages ont ceci de fantastique : ils fabriquent autour du centre historique, en concentration de plus en plus lointaines, les marques des époques qui les ont composés. À part bien sûr si du vieux a été détruit pour construire du neuf (pour l'époque) par-dessus. Une ville comme Marseille par exemple, a cela d'extraordinaire qu'il ne faut pas creuser dans un certain périmètre à partir du centre historique au risque de trouver des vestiges encore inconnus. Ce qui fut fait à maintes reprises. Au grand dam des gestionnaires municipaux et autres promoteurs mais au ravissement des archéologues et des musées qu'ils purent créer autour de ces trouvailles.

Il y a de nos jours une géographie commune à pratiquement toutes les villes et les bourgades de France. Les grandes métropoles n'échappent à la règle que par le jeu des quartiers. Pour bien s'en apercevoir une expérience est nécessaire. Il faut choisir une ville inconnue, sur la route des vacances par exemple, et y entrer en voiture par la route principale, celle qui sort de la bretelle d'autoroute, ouest, ou nord.

Je ne pense pas que l'on soit dépaysé, sauf par le nom des lieux. Tout le reste sera identique quelle que soit la ville où vous vous trouvez ! Vous traverserez une zone commerciale, avec quelquefois des entreprises de services ou artisanales un peu importantes.

Dans ces lieux, l'architecture est qualifiée de parallélépipédique, rien ne dépasse, pas de fantaisie, de la rentabilité. Tous les magasins sont bâtis de la même façon avec les mêmes matériaux, un composé isolant sur une structure métallique. La seule différence sera l'habillage, la couleur, le décor, le dessin de l'enseigne. Que l'on reconnaîtra aussi, elles sont partout nationalement identiques, internationalement pour certaines, imposant une mode faisant fi des caractères régionaux. Certains passéistes le regrettent. Pour ma part je n'y vois qu'un des effets de plus de l'uniformisation des pratiques de consommation. On sait où on se trouve, on peut déménager, changer de région, à part le climat, on ne sera pas perdu. Ici il y a tout pour vous, tout pour satisfaire vos besoins, vos envies, pourvu que vous ayez une voiture. C'est propre. On peut même y manger, on sait aussi qu'on y trouvera les mêmes tables, les mêmes menus, tous pareils ici ou ailleurs. Mais surtout, ho ! Oui ! Surtout, de quoi garer cette sacrée voiture sans difficulté. Être sûr de trouver une place même en cas d'affluence, de promotions, de soldes. Marcher un peu n'est pas grave, on sait qu'on aura accès quoi qu'il en soit au magasin ou au restaurant. C'est l'adage « no parking, no business » qui est appliqué ici avec un certain brio.

Aux alentours de cette architecture grignotée sur les champs apparaissent les derniers lotissements, les moins chers avec leurs plans faits au tampon. Le terrain minimum qui permet juste de mettre le nez dehors. Fichées là, dans ce qu'il reste de disponible à coté du barbecue, la balançoire et le trampoline pour les gosses, la piscine gonflable pour l'été. Les plus petits feront du tricycle ou de la trottinette, les ados traîneront leur mal-être dans l'abribus. Les familles sont en plein dans leur monde, tout est à portée de voiture.

Une fois la zone commerciale dépassée, on arrive à la zone pavillonnaire des années 50 et 60, celle du boum économique. Ils sont à la retraite aujourd'hui et leur environnement a bien changé. Les maisons à étages (on vit au premier, pas au sous-sol, pas au garage) sont passées de luxueuses à dépassées, surannées, des passoires thermiques. Les modes architecturales changent elles aussi. Ces maisons ont aussi accompagné la construction de ces barres d'habitations, sommet de la modernité de l'époque. La population augmente, il faut rapidement lui proposer quelque chose d'efficace, la population ne proposera rien, de toute façon on ne le lui demande pas, elle ne sait pas ce qui est bon pour elle. Puis on rentre dans le centre ancien, celui représenté par les symboles de la Troisième République et ses bâtiments administratifs majestueux, mairie, préfecture, voire sous-préfecture, entremêlés de bâtiments à étages à usage d'habitation, sauf le rez-de-chaussée réservé au commerces. Et là on est au centre-ville, avec un peu de chance dans un parking souterrain, à voir là aussi les mêmes enseignes de magasins qu'ailleurs ainsi que les mêmes terrasses de bars et de restaurants.

Le départ se fera pour aller récupérer l'autoroute, entrée-sortie est, ou sud. Le même spectacle se fera voir mais dans un sens inverse.

DU LOGEMENT

(ou comment en sont-ils arrivés là, seconds éléments)

Au début, comme tout le monde, nos familles étaient des familles d'appartement, cela dès le mariage ou la vie commune. Mais les promotions dans le travail, l'envie, le besoin formaté d'image ou de reconnaissance ont décidé que ce serait une maison individuelle, « faire construire » dans un lotissement. Un idéal de vie, comme le « lotissement Grand Siècle » autour de Paris. « (Il) *a été le grand rêve urbanistique de la seconde moitié du XXème siècle. Le rêve d'une maison à soi, où reconstituer une vie qui rassemblerait tous les traits d'une Arcadie à la fois familiale et communautaire, fondée sur l'égalité et la propriété. Aujourd'hui (il) est devenu le repoussoir absolu – le lieu d'une vie où ne régnerait plus qu'ennui, vide et mauvais goût* », nous dit Fanny Taillandier[1].

De plus, l'intimité n'y a pas la place qu'elle occupait anciennement. La cellule familiale était composée de toutes les générations, du moins les survivantes, plus la pièce rapportée, l'épouse du fils de la famille, dans cet espace défini par les murs d'une pièce unique. Quelquefois étaient ajoutées des chambres. Il n'y a que de nos jours que l'on pourrait voir plus de quatre générations vivre sous le même toit, l'espérance de vie ayant très sensiblement

---

1 « Les états et empires du lotissement grand siècle » PUF.

augmentée durant le XXème siècle. Il n'était pas envisageable que cet état de fait, cet agrégat familial, soit différent, il en était ainsi. Par tradition mais aussi par économie. Mais il y avait un gros revers, la préservation de l'intimité justement. Certains passéistes regrettent que les familles soient disloquées. Mais si les jeunes couples préfèrent leur « chez soi », il y a certainement une bonne raison, et même plusieurs. La cellule familiale polynucléaire a explosé en différentes mono-cellules.

De nos jours cette intimité est sacralisée. Les espaces privés sont délimités et distribués par un couloir à partir de l'espace commun, pour ainsi dire public, du salon. Ces lieux que l'on aime montrer à tout nouveau visiteur, montrant par la même notre fierté d'habitant.

« Le logement [...] est le lieu des projections de soi et l'instance où se définit son rapport à soi et son rapport au monde. Or l'habitat fait office de refuge dans tous les sens du terme, pas seulement pour avoir un toit au-dessus de la tête... Rechercher un logement, c'est avant tout rechercher un espace protégé où l'individu peut s'autoriser à habiter en intimité avec lui-même, pour se construire et s'épanouir comme il le désire », où l'intimité est perçue comme « la capacité à se sentir chez soi, à créer une relation particulière entre un lieu et une identité ». On assiste à un « repli domestique (qui) caractérise une évolution particulière des modes de vie, résultat de l'échec des idéologies collectives, de l'importance croissante accordée à l'histoire personnelle, de l'augmentation du temps passé chez soi et de l'accroissement des possibilités d'amélioration des équipements domestiques. Elle considère le logement

14

comme un petit nid, un cocon qui favorise l'épanouissement personnel et apporte des émotions positives ».[2] Le logement mono-familial est une conquête de la modernité.

Parce que le pavillon, la maison individuelle urbaine et péri-urbaine est une invention récente. Les pauvres, les classes laborieuses, s'entassaient dans des logements où régnait la plus grande promiscuité. Les bourgeois, et petits-bourgeois, s'ils avaient un domicile en ville se faisaient construire à quelques heures de cheval une villa, un pavillon en meulières, ou une bastide dans le midi. L'architecture n'a commencé à considérer la maison individuelle qu'à partir de l'entre deux guerres mondiales. Les familles très aisées, par leur nouveau moyen de locomotion automobile, pouvaient facilement habiter et investir dans des quartiers qui leur ressemblaient. Après la seconde guerre mondiale, les Trente Glorieuses ont permis aux classes simplement aisées d'accéder au statut de Catégorie Socio-professionnelle supérieure en faisant construire leur pavillon, leur maison individuelle, pour sortir de ces barres de logement.

Nos familles « modèles » dans ce supermarché suivent ce sacré modèle. Il leur faudra un pavillon, pour toutes ces raisons conscientes ou inconscientes.

---

2 Fabrice Larceneux et Hervé Parent « marketing de l'immobilier »

UNE FAMILLE MODÈLE

Selon votre niveau de langage ce sera une sacrée, une satanée, une fichue ou une putain de famille modèle. Celle des magazines et de la publicité : papa, maman, deux enfants, un garçon, grand et une fille plus jeune. Tous minces, sans embonpoint. Ils sont parfaits. Is doivent respirer la santé et la joie de vivre.

Papa, petit cadre dans une administration publique ou privée. C'est la même chose, on y retrouve les mêmes incompétences, les mêmes chefs inutiles. Il prend tous les jours la voiture familiale pour la laisser au parking du train. Ce même train qui transporte ses semblables, qui le mènera jusqu'à 15 minutes à pieds de son travail. Il aura pris soin pour le trajet, pour ne pas perdre de temps de se munir d'un journal, d'une revue ou même d'un livre, il trouvera ce temps moins long. Est-il arrivé à en finir un ? Qu'importe, tout cela montre son statut. Il s'en défend. Il est de gauche lui, malgré ses revenus et l'impression qu'il donne.

Il n'en a pas vraiment conscience mais cela l'interroge un peu quand il lève les yeux et regarde les autres passagers, petits techniciens, ouvriers, gratte-papiers, agents administratifs, quelques cadres, peu. Il les a vus sur le quai mais ce n'est pas sûr qu'il se dise ou se fasse des réflexions à leur sujet. Il est un peu seul au monde, sans le gêner, les autres sont de trop. Il les trouve sans éducation, parfois bruyants, manquant de discrétion, ou pire, puant dès le matin. Ses enfants ne se conduiraient pas de la sorte. Mais il compose avec cette sorte de plèbe. Elle aussi a besoin de travailler et donc de se déplacer finalement. Ce n'est pas qu'il ne les aime pas, il est plutôt indifférent à leur sort ou leur histoire (qu'il ne fait qu'imaginer). Il a cette obligation d'être là. Oui, il lui arrive parfois de se poser la question du pourquoi de cette obligation. Pour faire fonctionner la grosse machine de la société qui avance et progresse grâce à eux et à lui qui les dirige. C'est la réponse, simple, évidente.

Les autres passagers le remarquent-il aussi ? Il ressemble à quoi finalement ? Qui est-il ? Comment le qualifier ? Qui peut le décrire ? Rappelez-vous ce film de Terry Gillian, « Brazil », le héros travaillait au ministère du recoupement (ce qui laisse imaginer de grands moments pour la liberté des citoyens). Il voyageait en métro et vivait dans une société gangrenée par des attentats récurrents perpétrés par les tenants de cette liberté contre l'État omniprésent et omnipotent. Une société parfaitement hiérarchisée, standardisée, dans laquelle tout le monde des travailleurs avait les mêmes vêtements selon leur classe sociale. Papa était comme un de ces hommes, costume de couleur plutôt indéfinissable, du beige au gris foncé, à la coupe monotone. La journée de travail est terminée. Retour dans le métro. C'est presque la fin de la ligne, il s'est vidé de ses occupants. Il descend rejoindre son appartement dans une tour inhumaine avec un paysage encore plus déprimant. Le soleil est rare, le béton et la brume le masque. Mais Papa, s'il ressemble à ça, il lui manque le chapeau comme dans le film mais il a le petit cartable, il considère qu'il n'est pas de ce monde. Il veut quitter l'habitation verticalisée pour l'horizontalité pavillonnaire.

A l'arrivée il aura retrouvé des collègues qui étaient soit dans ce train soit dans un autre. Ils ont des habitudes, ils se sont attendus devant un café au comptoir de la gare. Il fera le chemin avec eux. Ils en rattraperont quelques-uns, ils en dépasseront d'autres. Il y a des affinités même entre les différents services. Comptabilité, informatique (peu avec eux, ils sont utiles mais par trop incompréhensibles avec leur humour si particulier et leur langage comme leur accoutrement, n'en parlons pas, le mauvais goût doit être leur passion), ressources humaines, commercial, enfin tout ce qui fait la vie du travail tout simplement, dans une « boîte ».

La vie prend-elle là son sens ? Il n'a pas encore de doute. Il « dirige une équipe ». C'est donc qu'il a une utilité, il n'a pas un « bullshit job » pense-t-il, malgré les évidences. Et il a une capacité à montrer cette utilité, sa nécessité d'être là, à ce poste, d'exister, de le faire exister. Il doit constamment justifier cette utilité par ses actes et sa présence. Cette capacité qui force l'admiration de ses collaborateurs, dupes ou pas. Planning, reporting, power-point, rétro-planning, mémo, liste de diffusion d'e-mail, réunions hebdomadaires, motivations, connaissance des dossiers. Et de la rigueur, chacun doit faire son travail ! Et en rendre compte devant le tribunal du service chaque semaine. Tout comme on lui a appris dans son école, soi-disant supérieure. Alors oui, sa vie a un sens, celui de faire en sorte que tout marche, tout fonctionne, comme le demande les chefs au-dessus de lui. Qui font au niveau au-dessus exactement la même chose que lui.

Papa joue bien son rôle. Il arriverait bien en avance au boulot mais les horaires de trains ne le lui permettent pas alors pour compenser il arrive cinq minutes après les autres à la cantine. Il en part dès qu'il a fini son dessert. Un café ? Hum, oui mais alors rapide, j'ai encore un paquet de taff. Un peu d'esbroufe ne coûte rien.

Mais Papa n'est pas complètement dupe. Son cerveau n'est pas complètement endormi et endoctriné. L'agitation n'est que la résultante de vouloir montrer son utilité, il ne veut pas se faire virer ou placardiser. Il a peur, tout peut arriver, il n'a aucune certitude en rien. Et puis surtout il connaît le principe de Peter qui s'énonce à peu près comme suit : « dans toute hiérarchie, tout employé à tendance à s'élever à son niveau d'incompétence. (Donc) avec le temps, tout poste sera occupé par un employé incapable d'en assurer la responsabilité ». Il le sait, une promotion serait pour lui un stress trop important et il n'est pas sûr de pouvoir le supporter. Même s'il pense d'un autre côté qu'il serait tout à fait capable d'occuper un poste supérieur. Qui sait ? Mais cela reposerait la question du logement.

Le soir en quittant le lieu de travail, il a pris soin de voir ses N-1, ses N-2, ses N-x pour les saluer mais aussi pour s'assurer de leur engagement vis-à-vis du travail : on part quand il est fini ! Il y a quand même un peu du salaud et de l'enfoiré en lui sous ses airs faussement bienveillants. Dans cette partie du modèle, Papa n'est pas brillant. Il est simplement conforme.

Maman, quant à elle, ne travaille pas loin de la maison mais elle a quand même besoin d'une voiture. Plus petite, une citadine, cela suffit pour traîner dans la ville à trimbaler les enfants de l'école au collège en passant par les activités annexes. Pour gagner du temps elle fait les courses à ce moment-là, elle le gère bien le temps, la surcharge mentale qui l'accompagne aussi. Cela fait tellement plaisir et de bien aux enfants, ils ne peuvent que lui en être reconnaissant. C'est son discours, elle pense sincèrement que sans ça il leur manquerait quelque chose. Mais surtout qu'elle ne remplirait pas complètement son rôle de mère aimante. D'ailleurs, elle travaille avec des enfants, toute la journée, ceux des autres, dans une garderie indépendante mais à temps partiel pour pouvoir s'occuper si bien des siens propres. Ils sont tellement dynamiques et éveillés, demandeurs, volontaires. Ils sont un plaisir. Car son sacrifice, le temps partiel, le travail à la garderie est bien réel. Mais elle est une femme faisant partie d'une famille modèle, un putain de modèle.

Maman était brillante. Ses études ont été une formalité jusqu'au bac et une suite de réussites à la faculté. Mais les lettres modernes ne permettent que difficilement de trouver du travail. À part professeur mais faut-il réussir le concours quand on a un compagnon qui a lui aussi des études supérieures à terminer, qui va devenir son mari et qui lui a déjà fait un cadeau à garder, surtout à garder, une graine qui féconde un ovaire qui deviendra le garçon. La vie. De celle qui fait un avenir différent de celui envisagé ou simplement espéré. Mais il n'y a pas de choix possible, on va adapter notre vie à ce bonheur inattendu mais qui modélise encore un peu plus notre existence. Comme se trouver un appartement à louer, un vrai. Ne plus dépendre des parents. Facile, papa a décroché un job, un super contrat, un vrai. Maman qui veut quand même ne pas dépendre que de son homme a aussi trouvé un emploi. Qui sera plus un complément de revenus qu'autre chose. Le petit plus qui fait la différence. Papa gagne bien leur vie. En prévision il y a trois chambres. Car ils le savent, un deuxième cadeau, la fille, fait enfin de cette famille le type de famille de rêve.

Maman est investie dans la vie de la ville. Elle connaît toutes les autres mamans. Elle pourrait devenir directrice de la structure. Elle a vu nombre de ses collègues le devenir avant d'être attirées par d'autres cieux. Mais une direction ne peut pas se prendre à temps incomplet et elle veut s'occuper de ses merveilleux enfants. Ils méritent ce don de sa personne. Plus tard, la remercieront-ils de cette frustration ?

Mais pour en arriver là, au modèle définitif, il fallait envisager de quitter l'appartement. Une décision difficile, contraignante, engageante mais qui faisait partie de la vie qu'ils idéalisaient pour eux et leurs enfants.

3
LA FILLE

Elle est mince comme sa mère sans faire attention à ce qu'elle mange, elle a de la chance. Elle consomme ce qu'on lui prépare, sans faim, sans gourmandise, pour se nourrir. Elle n'a pas le goût des activités culinaires. A l'école rien à grignoter à la récréation du matin pour ne pas lui couper l'appétit du repas de midi à la cantine. En revanche, elle doit être pratiquement la seule à avoir un fruit pour la récréation du soir, celle d'après les cours, quand la classe est finie et que maman travaille. On ne l'a jamais vu sortir de son cartable un produit de l'industrie agro-alimentaire, ceux tout plein de cochonneries dedans, gavés de conservateurs et d'additifs en tout genres. Si elle a des biscuits ou une part de gâteau, ils sont fait maison. Avec son aide quelquefois.

Maman est une bonne maman qui s'occupe bien de ses enfants. Elle aime bien participer aux taches ménagères à la maison. Elle aime aussi que sa chambre soit propre et bien rangée. Elle n'hésitera pas à prendre un chiffon pour enlever de la poussière. Elle est du « genre fille » et elle aide sa maman.

Son frère est toujours dans sa chambre, il en sort rarement. Il a beaucoup de travail, dit-il, un peu comme papa. Elle pense qu'il n'a simplement pas envie d'aider. En revanche, elle ne s'occupera pas de la chambre de son frère, de toute façon il ne veut pas. Il est même réticent à ce que maman y entre. Il est du « genre garçon », lui. Chacun à sa place.

D'ailleurs elle est habillée en fille. Pas de vêtements mixtes ou de sports ou pratique. Non, des jupes, des robes, des chemisiers, un bandeau dans les cheveux qu'elle préfère avoir long, elle aime passer du temps à les brosser. Un peu classique. Et cela lui plaît quand elle choisit ses habits sur les sites de ventes en ligne sur la tablette de sa mère. Le mieux, ce qu'elle préfère, c'est quand même d'aller dans ces grands magasins à l'entrée de la ville. En famille. Avec papa/maman et son frère. Et on en profite pour aller au KMcFB.

Même si papa finit plus tôt son travail, il ne peut pas avancer l'heure de passage du train qu'il faut donc attendre. Il en profite pour faire un brin de causette avec une collègue d'un autre service qu'il aime bien. Puis marcher jusqu'à la voiture, sortir du parking encombré de gens comme lui. Faire le trajet retour dans la ville. Attendre l'ouverture du garage, attendre l'ascenseur et enfin rentrer dans l'appartement. Il est tard généralement.

Dans le couloir il pose ses affaires, les accroche au porte-manteau, pose sa mallette sur la demi étagère, ses chaussures en-dessous, il enfile des chaussons, il quittera son costume plus tard. Ce faisant il lance à la cantonade un bonsoir sonore afin d'être sur d'être entendu. Sa fille aimerait plutôt un bisou, un geste de tendresse. Mais il ne se passe pas grand chose.

Parce que dans la semaine, si papa n'était pas là on ne le remarquerait guère. À part sa présence à table et les quelques mots échangés avec maman. Elle a l'impression de ne pas exister. En ce moment ils parlent d'argent, de moyen, de crédit, de banques, de meilleure vie, pour nous. C'est peut-être pour ça qu'on ne l'intéresse pas, il est préoccupé. Elle ne comprend pas tout. À la maison papa ne sert à rien. Le matin il est déjà prêt quand elle se lève pour le petit déjeuner. Prêt à partir et c'est ce qu'il fait avec le même salut aussi sonore que celui du soir. La fille le regrette. À quoi ça sert un papa les jours de classe ? Mais une fille modèle ne se plaint pas sauf qu'elle ne sait pas trop quoi raconter à sa meilleure copine d'école.

– Il fait quoi ton papa ? Tu as mis quoi sur la fiche de la maîtresse ?

– Je ne sais pas, il part le matin et il rentre le soir.

– Il ne te raconte rien ?

– Je crois qu'il travaille dans un bureau. Il part le matin avec un cartable. Je lui ai demandé un jour mais il m'a dit que c'était compliqué pour une petite fille.

– Et le soir, vous mangez ensemble, il ne parle pas ?

– Pas vraiment, il ne raconte pas sa journée à maman et il ne nous demande pas ce qu'on a fait à l'école. Il ne regarde que les bulletins quand maman les lui donne.

Il n'y a pas de rancœur de la fille envers le père. Elle a toujours vécu de la sorte. Elle sens confusément qu'elle a un manque. Elle l'aime comme il est. Elle ne peut pas savoir qu'un père peut être différent. Pour le moment ça lui va, il y

25

a maman et elle n'a pas encore eu l'autorisation d'aller passer une journée chez sa meilleure amie.

Elle n'a pas de référence, rien pour pouvoir comparer. Elle a de nouveau entendu une conversation entre papa/maman qui les concernait eux, les enfants. Elle n'a encore pas tout compris mais elle a bien noté qu'il y aurait du changement.

Cela lui fait un peu peur, une petite angoisse, une séparation, un divorce, elle en connaît déjà beaucoup à l'école, presque la moitié de la classe. Mais elle a confiance, papa/maman ne feront jamais de mal à leurs enfants. Malgré tout elle se demande si elle aura toujours ses amies, ses activités du mercredi et quelquefois les compétitions du samedi ou du dimanche. Elle aurait du chagrin si elle devait abandonner ses chers poneys. Elle a bien compris que le changement aurait lieu quand maman est allée voir la directrice puis la maîtresse et que les cartons se sont accumulés dans l'appartement.

Jusqu'à la discussion familiale fatidique : « les enfants venez-là, on a quelque chose à vous dire. » Papa était déjà assis dans le canapé, elle s'est assise à côté de lui, maman était debout, le garçon est arrivé, refermant soigneusement la porte de sa chambre, arborant une tête qui disait qu'on le dérangeait. C'était la première fois qu'une transmission d'information prenait un ton si solennel. Mais personne, à part la fille, ne semblait particulièrement inquiet. «On va quitter l'appartement pour habiter dans une maison». Papa/maman souriaient à pleine dents, les enfants ne comprenaient pas ce qu'impliquait la chose, il se posaient et donc posaient des questions quant à leurs habitudes de vie. Là-dessus les parents furent très rassurants, il n'y aurait guère de changement.

4

LE GARÇON

Le garçon était aussi un modèle par tous les aspects extérieurs qu'il pouvait laisser voir. Ceux-ci n'étant que l'expression de la volonté maternelle. Papa avait autre chose à faire qu'à s'occuper de ces futilités. Il lui suffisait que ses enfants présentent bien et que l'exercice de son autorité se fasse sans cri et sans énervement. Il disait, ils exécutaient. Ses décisions ne souffraient aucune contestation puisqu'il était l'autorité. Il était égal à lui-même au travail et à la maison.

Le garçon, adolescent, ressemblait strictement à tous les autres garçons, de son âge, de fin de collège, et de sa catégorie sociale. Ne prenez pas l'habitude de vous poster à la sortie des collèges, selon votre casier judiciaire on ne serait pas forcé de penser que vous faites une étude sociologique. Mais, quand vous voyez les grands sortir, tentez de repérer le vôtre. Si vous ne savez pas comment il s'est habillé le matin, le trouver n'est pas une chose aisée. Il y a une sorte de mimétisme vestimentaire et capillaire surprenante quant à la forme, les matières et les couleurs, pour les garçons comme pour les filles. Attention, il existe des tribus, rares, mais qui cultivent la différence, les gothiques par exemple ou les geeks entre autres. L'exercice est facilité parce que vous les voyez de face. Mais si vous deviez trouver votre enfant dans un groupe qui vous tourne le dos, c'est chose quasiment impossible.

Le garçon est donc tout à fait ordinaire. Du moins essaie-t-il de l'être, ordinaire. Mais c'est dur. Il doit être accepté par le groupe. Il n'est pas le garçon « populaire » du collège mais il doit faire partie de son entourage. Il en va de sa tranquillité. Il a peur. Il veut être intégrer. Il ne supporterait pas d'être rejeté. Il y a déjà pensé. Vivre en étant le souffre-douleur d'une bande n'est pas envisageable, plutôt mourir.

Il y a pensé. Cela lui a traversé l'esprit plusieurs fois déjà. C'était il n'y a pas très longtemps et la douleur est encore présente. Il était bien, le collège d'avant, il était simple, populaire, à dimension humaine. Les professeurs ainsi que l'équipe de direction étaient là depuis des lustres. Les enfants d'anciens collégiens y faisaient leurs études. Une autorité bienveillante et empathique flottait sur cet établissement. Cela quand on habitait l'appartement. Mais nous avons déménagé pour ce lotissement, pour cette nouvelle vie, pour nous, pour lui, pour elle, pour ce nouveau collège. Pour l'occasion, parce qu'il avait l'âge et que le garage était grand pour qu'il soit stationné en sécurité, papa/maman lui avaient acheté un scooter. C'était une grosse, une énorme surprise à laquelle il ne s'attendait pas du tout. Ils étaient arrivés à garder le secret jusqu'à la livraison de l'engin. Peut-être un peu pour compenser le déracinement. Ou tout simplement pour faire plaisir à leur fils qui le leur rendait bien d'ailleurs. Cadeau qui permettait d'aller au collège en liberté, en montrant et proposant une autre image.

Collège lequel il a été mis à l'épreuve physique et morale à cause d'une particularité, invisible ailleurs. On l'avait vu grandir sans se poser de question. Il s'en est tiré d'un cheveu, d'une corde. Il ne croit pas que ses parents aient vu ou su quelque chose de son état et de ce qu'il vivait, de sa douleur. Trop heureux d'occuper à aménager dans leurs goûts modèle, leur, non, notre nouvelle maison qui allait donner à la famille un élan nouveau vers le bonheur, la réussite et la reconnaissance.

Il est donc arrivé en cours d'année, ce qui n'est jamais facile. Les clans, les groupes, les réseaux et les rivalités en découlant étaient établis. Il y avait quelques mouvances ou errances entre eux mais les blocs étaient définis. D'après papa/maman c'était un bon collège avec un bon taux de réussite au brevet, avec des activités annexes intéressantes, mais surtout d'un bon niveau social, sauf quelques cas particuliers, le bas de la classe, qui faisaient écho à ce qu'était devenue la famille, le haut de la classe.

Jusqu'à présent, son parcours scolaire avait été plutôt au-dessus de la moyenne, il s'était toujours situé dans les bons de la classe sans en être le meilleur, ce qui était très satisfaisant pour lui et papa/maman. Il voulait faire leur fierté.

Il n'avait surtout pas compris pourquoi un tel acharnement, pourquoi tant de brimades, pourquoi tant de violence, dès son arrivée. Il était seul. Il n'était concevable pour personne de lui venir en aide. Il y aurait eu trop de risques pour celui qui serait venu le soutenir. Les attroupements dans la cour pendant les récréations étaient un moment privilégié pour ses bourreaux. Un de leur jeux favori était de se mettre en cercle autour de lui, de l'empêcher d'en sortir quitte à le bousculer mais en faisant attention de ne pas laisser de marques ou d'abîmer ses vêtements. Les pions et autres surveillants ne voyaient rien, donc ne disaient rien, n'intervenaient pas. La cour était calme, pourquoi seraient-ils aller voir un attroupement ordinaire qui ne dégénérait pas ?

De cette façon d'agir, les toilettes lui étaient parfois interdites comme boire ou manger. Il devait prendre ses précautions ne sachant à l'avance s'il aurait à tenir et se retenir des heures durant. Autre chose, si le groupe devait se mettre en rang pour une raison quelconque, il ne pouvait être à côté de quelqu'un, il y avait une sorte d'entente pour qu'un espace existe toujours entre lui et les autres élèves. Seul. Pas de chance non plus la classe était en nombre impair, donc jamais personne n'avait voulu s'appareiller avec lui pour les travaux en binômes. Il ne parla pas des coups de cutter dans le sac, par derrière, gratuitement. Il l'a recousu à la maison sans rien dire ni demander. Il ne voulait pas se justifier. Il ne voulait pas que papa/maman sachent ou découvrent ce qu'il vivait. Il y avait aussi un autre jeu tout à fait pervers, les insultes dites à voix basses en passant, en le fixant du regard ou pas, toujours à caractère sexuel : pédé, tarlouze, tafiole, suce bite, on en passe des plus ou moins fines.

Pour un artiste, la répétition est nécessaire à l'exercice de son art. Pour un adolescent elle est potentiellement mortelle.

La classe était dirigée par une sorte de caïd responsable et instigateur de la plupart des maux du garçon. Les professeurs étaient complices tacitement, ils avaient de la sorte, grâce à lui, une paix relative dans leur classe et leurs cours pouvaient se dérouler dans une certaine quiétude. Il était donc tolérable que son emprise sur le destin d'un élève passe par la case perte et profit. On aura toujours le temps de dire que l'on n'avait rien vu. Mais si les malheurs du garçon s'arrêtaient à l'établissement. La douleur incidente prenait le dessus une fois hors du collège.

L'esprit fonctionne tout le temps et il analyse quand il n'est pas sollicité. Sur le trajet du retour par exemple. Plusieurs fois il avait risqué un accident, trop concentré sur lui-même, accaparé par ses pensées. Là, il comptabilisait les brimades, il revivait sa journée en tremblant. À la maison, il arrivait avant tout le monde, il avait eu le temps d'intégrer, d'ingurgiter les événements. La douleur lui prenait le ventre. Il avait l'impression de vouloir vomir mais rien ne sortait. Le plus souvent sur son lit, recroquevillé dans une position fœtale, les bras croisés sur le ventre, serrant les dents pour ne pas crier. Les traits de son visage si tendu l'auraient rendu méconnaissable. La douleur et le mal faisaient leur œuvre insidieusement. La vie, là, avait encore le dessus pour combien de temps encore. L'esprit arrivait tant bien que mal à se libérer, le corps reprenait un physique ordinaire. Le calme nécessaire à la vie de famille ne revenait que très lentement. Il trichait en disant qu'il avait du travail ou des devoirs, qu'il ne fallait pas le déranger. Son travail était de ne rien dire car son devoir était de ne faire de peine à personne. Encore moins à sa mère. Qui, finalement ne savait rien de lui. Comment le caïd avait-il deviné son orientation sexuelle ? Il n'exposait rien, ne montrait rien et ne revendiquait rien non plus.

Un autre travail encore, comment se libérer de cette situation ? La seule solution qu'il avait trouvée était de ne plus être homosexuel. Mais il savait bien lui que c'était impossible. On ne change pas d'un claquement de doigt, ou par un médicament, ce n'est pas une maladie. Tiens, demain je ne serai plus homo ! Trop bon, trop facile, la vie tranquille à partir de là ! Bizarrement c'était cette option qui tenait le plus la route. Pas la plus facile à mettre en œuvre mais certainement la plus efficace.

LA difficulté était de trouver une fille, LA difficulté suivante était qu'elle veuille bien sortir avec lui mais LA difficulté était que lui ne voulait embrasser que des garçons comme lui. Heureusement, dans le collège il y avait une fille un peu dans le même cas, harcelée car décrite comme lesbienne. Il fit une tentative d'approche pour lui parler de la situation et lui exposer son idée. Ils convinrent tous deux que le coup était jouable malgré le peu d'attrait qu'ils avaient sexuellement l'un pour l'autre. Ils étaient tous les deux dans une situation similaire, rejetés car différents. Ils firent le nécessaire pour que tout le collège les voit se tenir la main et s'embrasser. Plusieurs fois, car il fallait être crédible malgré le peu d'envie. Aller la chercher chez elle en scooter. Arriver ensemble, partir ensemble, s'attendre. Faire semblant mais faire juste. Une comédie, non, une tragédie.

Il y eut pour leurs tortionnaires respectifs comme un déclic. D'un coup ils redevenaient « normaux ». Il eut aussi droit à la considération du caïd, traduite par une tape virile

34

dans le dos. Les douches comparatives après les activités sportives restaient très masculines mais lui n'était plus la moitié d'homme, la presque femme dans l'esprit des autres collégiens. On aimait se savonner le corps, se regarder, se comparer le sexe, simuler une branlette, voire un coït. Certains en avaient un début d'érection. Forcément grivoises, les discussions concernant les filles n'étaient que pour les décrire comme des objets et ceux qui ne voulaient pas les fréquenter, étaient au mieux des êtres pas finis, anormaux, à punir certainement, à chasser de la nature.

Car maintenant qu'il était relativement intégré au groupe, il avait retrouvé une certaine liberté de penser. Il n'était plus accaparé à chercher à résister, à se défendre. Il pouvait laisser son imagination divaguer vers ce qui lui était nécessaire, important, vital. Penser à l'amour. S'il savait qu'il préférait les garçons, il ne savait pas que dans ce nouveau collège il allait trouver celui qui ferait chavirer son cœur, celui qui lui donnerait l'envie de se donner à lui, celui qui aimerait certainement la réciprocité de l'acte. Il savait que c'était pour lui qu'il était encore en vie, malgré lui. Que de penser à lui calmait ses douleurs. Il ne savait pas que son tortionnaire, son bourreau serait l'élu de son cœur, le caïd, SON CAÏD.

5
LISTE DE MOBILIER

La maison était très classique pour un lotissement, quatre murs, des fenêtres, des volets, une porte d'entrée avec une marquise, une allée caillouteuse pour y accéder, quelques pots de fleurs, une haie mal taillée, des herbes folles non tondues, un chemin en pavés autobloquants qui mènera au futur garage, une balançoire pas fixée au sol. Derrière se trouve une sorte de terrasse en béton pas finie, il manque une pergola. Il y a un barbecue fait de briques et de broques avec quelques restes de charbon. L'extérieur pourra attendre.

La maison était aussi très classique quant à son plan, un rectangle dans lequel l'architecte avait réussi à placer trois chambres, une salle d'eau, une salle de bain, un petit couloir d'accès, un cagibi qu'on appelle dressing maintenant et un grand espace pour le séjour, le coin repas et la cuisine, l'entrée se faisant directement dans cette pièce. Ce petit point négatif permit à papa/maman de négocier le prix à la baisse. Il n'y aurait pas de travaux à faire si ce n'est un rafraîchissement des peintures

La banque avait consenti l'emprunt. Après la signature chez le notaire ils devenaient définitivement propriétaires. Mais ils ne voulaient pas d'un déménagement classique, ordinaire. Ils voulaient n'emporter que leurs valises et quelques bricoles. Leur souhait était de donner la totalité du mobilier de l'appartement à une ou plusieurs associations caritatives comme le Secours Populaire par exemple. Leur ancien appartement n'avait aucune unité stylistique. Il avait été meublé et coloré au petit bonheur la chance en fonction des besoins immédiats de la famille, sans réelle réflexion, en suivant un peu les modes du moment. Il était moche parce que disparate. Ils le savaient bien, ils ne le voulaient plus, ils avaient un budget pour y remédier et le catalogue d'un marchand de tout ce qu'il faut pour une maison des pays nordiques. EKIA. Sûr que cela aura été la plus grosse commande d'un particulier. À partir de la livraison ils avaient prévu une semaine de « vacances » pour monter tout ce fourbi.

- Chambre 1 : ligne HOMNES armoire à portes coulissantes et commode 6 tiroirs, KURTIS patère 6 crochets en bois et métal chromé, SONGESUN cadre de lit à coffre intégré et table de chevet un tiroir, REMERO lampe de chevet à led, JOLLIVALLMA parure de lit, housse de couette et taies d'oreillers à motifs géométriques.

- Chambre 2 : MECKAPAR portemanteau (pour différencier de la patère de la chambre 1), PEX armoire et boite à chaussures (c'est la chambre de la fille), ESKLAV cadre de lit, VIDPUTA parure de lit, housse de couette et taies d'oreillers à motifs floraux, ASTRECOP lampe à led aussi, EDAM tapis à poils longs (lavable, forcément lavable).

- Chambre 3 : TOMB cadre de lit haut pour pouvoir loger deux tiroirs dessous, TONBOBO desserte sur roulettes (pour le côté on détourne des objets de leur utilité première) qui serviront de chevet, deux LOMPOM lampe à poser, SMUSSTURR parure de lit, housse de couette et taies d'oreillers, sans motif cette fois, il n'a pas voulu.

– Pour toutes les chambres : HYDROSAND matelas ferme à ressorts ensachés, quelques KORNVOLTA oreillers en plumes, quelques MENUWO oreillers en mousse, quelques KULKARESSE couettes chaudes pour l'hiver et quelques RUDTAPE couettes légères pour la belle saison.

Séjour : GRUNLADY canapé d'angle trois places en tissus chiné gris avec une méridienne, deux FORLOV fauteuil dossier haut avec accoudoir de type Voltaire mais revisité façon design, KABALA table basse tournante, NOBODY tapis poils courts à glisser sous la table basse entre le canapé et le fauteuil avec un dessin qui fait penser de loin à Vasarely, BELLA bibliothèque sur un pan de mur, ORAKLA lampadaire pour une lumière indirecte, ROSTANG desserte et OKAZ meuble de rangement fermé (pas cher).

– Coin repas : CORHUMIN table et chaises en bois avec piétement métallique, GOTHAM (City ?) suspension électrique pour l'éclairage des repas familiaux, MAPSUG ménagère complète verres et couverts en inox spécial lave-vaisselle, FLATTULHET assiettes plates, creuses et à desserts unis.

– Cuisine : KOLKORP élément de cuisine haut et bas

pour encastrer l'électroménager en bois aggloméré mélaminé, KOUOLKOD casseroles, accessoires de la gamme 747 (attention, pas l'avion).

– Salle de bain 1 : KUPALA élément lavabo, baignoire et sa robinetterie, pas de bidet (pourtant siège de l'amour propre), DUNON élément de rangement.

– Salle de bain 2 : GODMORTEN élément lavabo et bac à douche, IKON distributeur de savon et porte savon, GARTONKALM draps de bains à partager dans la salle de bain et la salle d'eau.

– Dressing : OLGAT éléments de montage pour SKATO panneaux perforés, SQARTORO conteneur, MARROKKUR table, VERVEGAN bocaux en verre à couvercle en plastique, HULLYS étagères. Le tout en quantité suffisante pour remplir le dressing.

La cuisine et les salles de bain furent aménagées avant toutes choses en même temps que les peintures. Malgré le montage des meubles qu'il restait à faire, la maison devait être habitable de suite. C'était le challenge. Tout fut parfaitement organisé. Pour cela papa était très fort, c'était le cœur de son métier. L'ensemble du mobilier fut livré le même jour, les cartons furent distribués chacun où il devait l'être, chambres, séjour ou autre. Ils avaient une semaine pour tout monter cela devait être largement suffisant. Le plus sage était de commencer par monter les cadres de lit afin d'être sûr de pouvoir dormir le soir. Manger sur un carton ne posait pas de problème.

Sauf que le super organisateur baissa d'un coup dans

l'estime familiale, il avait oublié de commander les sommiers, il n'avait pas imaginé qu'ils soient vendus à part. La mésaventure fit bien rire la famille et le mal fut rapidement réparé. Ils savaient aussi qu'il manquait encore quelques éléments de décoration mais ils savaient où les trouver. Ils seront achetés en temps utile (tant utile ?).

Mais une fois que la décoration et l'aménagement d'une maison sont finis que reste-t-il à faire ? On se fige dans cet espace définitivement ?

Il y avait maintenant une très forte unité de style au prix d'un perte totale d'originalité. On se promenait dans le catalogue, dans le magasin. Mais ils étaient heureux, un rêve se réalisait. Ils entendaient déjà les compliments ébahis de leurs amis et connaissances qu'ils ne manqueraient pas d'inviter les uns après les autres. Ils ne voulaient pas organiser une pendaison de crémaillère, ils avaient crainte que leur intérieur ne soit sali par quelques maladroits, il y en a toujours. Comme un tabernacle sacré ne pouvant être souillé.

Il n'y avait plus rien de personnel, tout était figé. À moins que l'originalité fut dans ce parti-pris unitaire. Comment trancher le débat ?

6

UN AUTRE MODÈLE DE FAMILLE

Ils venaient du même milieu, un petit prolétariat issu de l'ancienne classe des travailleurs de l'industrie, ceux qui en avaient été chassés par les hordes d'immigrants. Du moins était-ce le discours que leurs parents leur avaient tenu. Ils gardaient à cause de cela un certain racisme de tout ce qui n'était pas français. Pour eux, les immigrés étaient responsables du chômage et de tous les maux qui les affectaient. Les sociologues les auraient rangés dans la catégorie socio-professionnelle inférieure.

D'ailleurs, ils participaient avec leurs parents respectifs à toutes les manifestations de cette droite extrême. Des parents qui leur avaient inculqué ces valeurs mais aussi, sans être particulièrement croyant, des considérations bien précises sur la place de l'homme et de la femme, sur la répartition des tâches, sur le respect du couple mixte, en clair la haine de tout ce qui pouvaient être homosexuel ou d'un genre mal défini, surtout différent, funestement différent. Ils n'avaient pas assisté à des ratonnades ou à des chasses à l'homo mais ils en avaient entendu parler. Ils savaient que leurs propres parents, quand ils étaient plus jeunes avaient commis ce genre d'exaction. Pour eux elles n'en étaient pas, une sorte d'auto-défense préventive. L'écoute de ces récits procurait à tout le cercle familial une sorte de satisfaction et le regret de ne plus pouvoir le faire, le physique ne suivait plus. « C'était la bonne époque » se disaient-ils.

Leurs croyances justement étaient qu'il y avait dieu mais ils étaient plus empreints de superstitions qu'autre chose. Telle chose porte bonheur ou malheur, tel événement est un signe du destin. Ceci marquait leur perception des choses sans qu'il y ait une réflexion dessus. Être progressiste n'était pas leur mode de vie et ce terme n'entrait pas dans leur vocabulaire. Ils ne se trouvaient pas réactionnaires non plus, ni conservateurs, ils se disaient français avant tout, ce qui est plus facile à avouer. C'était moins catégorisant, moins extrême.

Leur rencontre se passa lors d'une de ces manifestations. Ils se plurent immédiatement. Il y eut comme une évidence, on peut dire un coup de foudre. Déjà leurs convictions les rapprochaient, ils ne pouvaient que s'entendre. C'est avec la bénédiction de leurs parents qu'ils purent se revoir en d'autres circonstances. Ils étaient leurs premières fois. Premier amour, premier rendez-vous, premier baiser.

Mais on a beau avoir des convictions et vouloir le respect des traditions, ils ont fait comme on disait autrefois « pâques avant les rameaux ». Et, malgré les précautions d'usages, un rapport sexuel se solda par une première grossesse. Il fallut donc les marier pour éviter le scandale. Et quand les gens feront le calcul entre les dates de mariage et d'accouchement, on dira que c'est un prématuré. Un bien petit arrangement dans ces fameuses convictions.

Madame dut arrêter ses études qui de toute façon n'étaient pas parties pour être très longues et monsieur dut chercher du travail, un logement et tout le reste. Les parents les hébergeaient le temps que l'H.L.M. qui devait leur être attribuée soit libérée. À l'inverse de leurs parents qui habitaient des logements anciens dans la ville, eux, logeaient dans une de ces immenses barres d'appartements identiques. C'était une des dernières à avoir été construite. De la fenêtre du séjour on pouvait voir qu'on était au bout de la ville, à la limite de la future aire urbaine périphérique. On voyait aussi une vielle ferme vide de ses occupants, les bâtiments agricoles et une maison un peu à l'écart. Le tout probablement acheté avec ses terres autour par un promoteur. À cette époque les ascenseurs fonctionnaient. Il y avait au pied de l'immeuble un centre commercial qui regroupait les magasins utiles pour s'approvisionner, une boulangerie, une boucherie, une charcuterie, un primeur, un coiffeur, un marchand de journaux qui faisait office de tabac ainsi qu'une petite supérette avec deux ou trois caisses de paiement pour les conserves, le lait, le vin, l'épicerie et quelques fruits et légumes.

La vie n'était pas forcément facile mais un beau garçon était né. Monsieur travaillait tant bien que mal dans la maçonnerie, au milieu de tous ces immigrés qu'il n'aimait pas. Madame avait postulé pour un travail de femme de service à la cantine du collège. Heureusement pour les finances familiales elle eut le poste et fut même titularisée l'année suivante. Dans ce quartier moderne, toutes les infrastructures pour aider les familles avaient été prévues, crèche, école maternelle, école primaire et plus loin un collège, celui où exerçait madame. La famille en profita pour s'agrandir par la naissance, cette fois pas prématurée, d'un deuxième enfant, un autre garçon. La vie se déroulait dans une sorte de bonheur simple.

Madame était fière de ses fils. Elle en ferait des hommes, des vrais. Bien qu'elle eut très envie d'être très maternelle, de les choyer, elle ne le faisait que très peu, elle avait peur d'en faire des chochottes. Elle voulait des durs, des caïds qui se fassent respecter en toutes circonstances et ce dès la crèche. Mais elle était prise entre deux feux. D'un côté la maman qui veut câliner ses enfants, une maman douceur, d'un autre côté ses principes éducatifs hérités de l'histoire familiales de ses parents et beaux-parents qui feraient de ses enfants des mâles dominants.

Elle ne voulait pas qu'ils soient violents ou agressifs gratuitement. Cela ne devait être qu'une réponse évidente à une violence ou une agression, un regard pouvait être considéré comme tel. Ils ne devaient pas se laisser faire quitte à se battre. Quoi qu'il en fut elle les défendait. Pour elle qu'importe la situation ou le conflit, ils avaient eu raison de réagir de la sorte. Cela avait plus d'intérêt et semblait plus important que le travail scolaire. La preuve, eux, en tant que parents qui avaient fui le système scolaire, s'en sortaient très bien.

Monsieur ne pouvait être que d'accord avec sa femme et pour bien le lui prouver, c'est lui qui avait trouvé le club de boxe qui les formerait. Lui se chargeant de déformer les principes éthiques enseignés dans ce club à savoir qu'on respecte son adversaire et que ce sport ne doit pas être utilisé contre d'autres personnes à l'extérieur du ring. Il avait la main sur les loisirs des enfants. Pas l'ombre d'un jouet de fille mais des voitures, des soldats, des armes, tout pour simuler la guerre, les combats. Dans leur chambre pas de peluches, pas de jeu de construction, pas de jeu d'éveil, « tout ça c'est pour les tarlouzes ! »

Dans ces conditions, la scolarité, surtout du grand, fut assez chaotique. Il dut redoubler le cours préparatoire puis la cinquième. Il se trouva donc en dernière année de collège le plus grand et le plus vieux de sa classe avec au moins deux ans de plus que tous ses camarades. Son petit frère ne redoubla que le cours élémentaire seulement parce qu'il avait été malade. Des crises d'asthme à répétition et mal soignées le forçaient à garder la chambre. Ce qui fut facilité par le fait que son père, cette année-là, n'eut que peu de travail, madame ayant vite épuisé ses jours de congés pour enfant malade.

Mais les envies des parents et de quiconque en général peuvent changer au fil du temps. La ferme que l'on voyait de l'appartement avait été détruite et pour une raison inconnue par eux à l'époque. Il s'était passé beaucoup de temps avant que la totalité des champs de la propriété ne soient viabilisé pour un lotissement. Ils avaient travaillé par tranche.

Cette perspective les faisait un peu rêver, sortir de leur condition de locataire d'appartement HLM en devenant propriétaire d'une maison. Ils étaient deux à travailler dont une fonctionnaire. Sans être les clients parfaits, se dirent-ils, au moins pouvons-nous nous renseigner. Les rendez-vous furent pris à la banque et à l'agence qui s'occupait de la commercialisation. Malheureusement pour eux, en cas de construction, ils ne pourraient supporter le loyer de l'appartement en attendant de déménager. Et avec un prêt relais, si le chantier prenait du retard ils se seraient retrouvés dans une catastrophe financière. Il était maçon, il savait que ces choses-là pouvaient arriver.

Ils étaient désolés et dépités que le reste de leur vie soit confiné dans cet appartement. Mais l'agence avait peut-être une solution. Il y avait un bâtiment, l'ancienne maison du métayer qui n'avait pas été détruite parce qu'elle était encore occupée jusqu'à il y a peu. Ce qui expliquait aussi le retard dans l'aménagement du lotissement.

Une visite fut organisée. Le coup de cœur. Même sans confort, ils préféraient vivre là plutôt que retourner dans leur appartement. Et malgré les problèmes de monsieur, ils se sentaient pris d'un courage et d'une volonté soudaine. Pour lui, en une semaine le chantier était plié, fini, à eux la belle vie. L'affaire fut faite, le déménagement organisé, l'installation aussi.

Cette maison allait avoir le même sort que ce lotissement, être commencée et jamais finie pendant des années. Toutefois, le monde moderne de la télévision réserve des miracles.

7
UNE FAMILLE C.S.P. MOINS
(Catégorie socio-professionnelle)

Ils avaient donc acheté l'ancienne maison d'un métayer de ce qui avait été une ferme. Celle-ci avait été entièrement détruite pour laisser place aux constructions nouvelles. Il avait été convenu que ce dernier bâtiment, sans dépendance, vestige d'une époque révolue, pouvait être négocié tel quel. Ce qui fut fait ainsi, le lotissement alentour ne devant pas être d'un grand luxe mais plutôt une forme d'accession sociale à la propriété. Une famille pouvait s'engager à rénover cette maison qui s'intégrerait parfaitement avec les alentours.

Ils présentaient bien avec leur projet et leurs deux enfants, un grand et un petit garçon. Le père s'installait comme maçon, il avait une petite expérience, ce qui lui permettait de profiter de son temps libre pour continuer à exercer son art chez lui. La mère apportait un petit complément de salaire, elle travaillait à la cantine du collège.

L'époque était favorable aux hommes comme lui s'il avait été ce qu'il prétendait. Malheureusement s'il était un ouvrier correct pour le gros œuvre, il n'avait pas la capacité de mener à bien un chantier. Il n'était pas qu'un piètre finisseur, sa capacité psychologique ne l'aidait pas à surmonter le travail. Sur sa carte de visite la mention « tous corps d'état » sans être un mensonge ne reflétait pas la vérité, à son corps ou plutôt son cerveau défendant.

Le travail était difficile pour lui. Il avait la volonté de bien faire mais sa santé mentale lui jouait régulièrement de mauvais tour. Ses troubles psychologiques n'étaient pas compatibles avec des réalisations de qualité et dans les temps impartis. Ses collègues prenaient le relais pendant que lui sombrait dans une sorte de dépression qui fut diagnostiquée plus tard comme trouble bipolaire et tout ce genre de truc inconcevable dans ce métier d'hommes. De plus vu son état et ses compétences, une reconversion professionnelle n'était pas envisageable, ou pour le moins compliqué.

Quand il faisait une chape, elle était bien horizontale. Les murs bien verticaux mais tout le reste laissait à désirer. Si bien qu'il ne se retrouva plus qu'à faire des moitiés de chantiers et que ses revenus subirent une baisse assez conséquente. L'entreprise individuelle, l'autoentreprise, du père n'était pas florissante comme espérée. Elle aurait dû si il avait pu. Le salaire de la mère faisait chichement tourner la maison, ajouter aux revenus du père, l'ensemble ne permettait plus de financer les travaux comme ils étaient prévus.

Les retards s'accumulaient de plus en plus. Voulant aller trop vite, tout dans la maison avait été commencé mais rien n'était fini pour une raison simple : la capacité du père à travailler corrélait sa capacité à financer les travaux. La famille se retrouvait dans un cercle vicieux.

La maison était structurellement saine. À l'origine elle avait été bien construite avec des matériaux corrects pour l'habitation d'un simple métayer. De gros moellons liés par un torchis de qualité. Les murs porteurs, les planchers de l'étage, du grenier ainsi que la toiture n'avaient pas à être touchés, une chance. Il n'y avait donc que des aménagements intérieurs à faire. Mais quels aménagements ! Il faut imaginer une maison sans confort, un seul point d'eau dans la salle du bas, un seul évier, pas de salle de bains. À l'époque, on se lavait dans la cuisine, les pieds dans une bassine en ayant fait chauffer au préalable de l'eau dans une bouilloire sur la cuisinière. Avec le peu d'intimité que cela laisse supposer. Des toilettes étaient reliées à un puisard derrière la maison. Une installation électrique aux normes des hommes de Cro-Magnon, trois fusibles en porcelaine pour l'ensemble de la maison, éclairait les pièces et faisait fonctionner le frigo. Les repas étaient préparés sur la cuisinière à charbon en hiver et sur la gazinière en été. Il avait dû y avoir un seau à charbon ainsi qu'un seau à cendres, un buffet vaisselier avec sa coupe à fruits, une boite à fromage couverte de grillage anti mouches, une huche à pain et une table entourée de chaises paillées. Dans les chambres une armoire en bois massif assemblage en queue d'aronde, un cadre de lit dans la même veine, surmonté d'un matelas en laine, un crucifix cloué au mur au-dessus de la tête de lit, le protecteur de la maison, du foyer.

L'agencement des pièces à l'étage ne permettait pas de loger une famille de quatre personnes, il correspondait à des considérations bizarres, d'un autre âge sûrement. Une grande pièce plus quatre petits réduits qui servaient probablement de lieux de stockage, dans lesquels les lits des enfants ne pouvaient tenir. Il fallait aussi penser à changer les revêtements de sol. Tout sentait le vieillot. Le dernier occupant de cette maison n'avait fait aucun aménagement. Tout était à l'identique du temps de la construction. Presque. Puisqu'il y avait dorénavant l'eau et l'électricité. Confort qui n'était certainement pas présent pour le premier métayer qui avait vécu ici. Seule concession à la beauté intérieure et à la décoration, une tapisserie murale à motifs floraux qui laissait voir, par les différences de teintes, que des cadres avaient autrefois orné ces murs. On imagine les soldats de la grande guerre, la photo de mariage avec les figures de circonstance, des portraits de famille, une tapisserie, un ouvrage au point de croix, citant une maxime de vie édifiante, *il y a plus de bonheur à donner qu'à recevoir*, un calendrier des PTT avec sa photo de chatons, ses chevaux ou son paysage bucolique.

Il y avait un sacré boulot mais tous étaient volontaires. Et avec un peu de sueur et d'efforts, ils étaient devenus propriétaires d'une jolie maison avec un cachet certain. Mais, dans l'état actuel des choses, après avoir commencé à casser les cloisons à l'étage pour les repositionner, ils se retrouvaient dans une sorte de taudis avec des rideaux qui séparaient les couchages, comme un dortoir d'hôpital du siècle dernier, un escalier sans rampe, des fils électriques, gainés quand même, qui couraient sur le sol pour rejoindre le tableau tout comme les tuyaux d'adduction et de distribution d'eau ainsi que les évacuations qui allaient quand même maintenant au tout à l'égout.

L'autre problème était qu'une partie de l'argent

gagné était aussi investi dans un loisir surprenant à bien des égards : la transformation automobile par adjonction de protubérances et autres boursouflures carrossières, ainsi que du matériel de sonorisation exagérément puissant, autrement dit le tuning. Mais là, comme pour la maison, les capacités financières autant que manuelles étaient limitées. Leur voiture était donc devenue un assemblage pour le moins hétéroclite de bouts de carrosserie sensées rendre la chose plus belle et plus attirante. Mais quand on la voyait rouler, les ajouts en plastique, pensés pour soi-disant améliorer les performances aérodynamiques vibraient, prêts à se disloquer au moindre choc. Les peintures manquaient par endroit laissant apparaître les différents mastics de rebouchage. Et, pour rendre plus satisfaisantes encore les transformations esthétiques, ils complétaient ce travail par l'addition d'une sono pourvue de haut-parleurs surdimensionnés à faire trembler la voiture elle-même et les maisons voisines. Ceci devenant rapidement un fort sujet de mécontentement suivi d'altercations virulentes avec les voisins les plus directs, la famille écologiste.

8
DÉCO

Il a été diffusé chez nous une émission qui existe aux États Unis qui se propose d'aider une famille dans le besoin et qui en a besoin, forcément. Compte-tenu de la multitude de chaînes de télévision aux USA, il y en a sûrement d'autres du même style. Le défi est de reconstruire une maison en une semaine, de réaménager l'extérieur aussi, pendant que cette famille passe des vacances comme elle n'en avait jamais passées (et que probablement elle n'en passera plus jamais), généralement dans un parc d'attraction animés par un animal aux grandes oreilles, généralement aussi en Floride. Pour montrer qu'ils habitent dans une région pourrie ou pour leur montrer ce qu'est la vraie vie des vraies vacances vivement voulues ?

Cela doit demander une logistique gigantesque car le choix de la famille devant rester secret et ayant besoin des bonnes volontés de la « communauté » pour mener à bien le projet. On imagine aisément le compliqué de la chose. Mais ça, les américains, ils savent faire. Se sont des maîtres en la matière.

Autant qu'il me souvienne, l'émission commence dans un bus. Celui-ci transporte l'équipe d'animateurs-bricoleurs qui n'hésitent pas à mettre la main à la pâte pour que le chantier avance. On assiste donc dans ce bus à la sélection de la famille. Attention, la famille qui est choisie ne s'est pas proposée elle-même, elle doit rester modeste.

Les animateurs disposent de tout un dossier comprenant lettres de témoignages et photos. Ils ont les mines de circonstance, la tristesse et la compassion les marquent. Toutefois, il n'y a pas de compétition, même s'il y a un gagnant. L'équipe de production s'est déjà chargée d'éliminer ceux qui n'entraient pas dans le cadre. On suppose énormes la quantité de demandes.

En effet, il semblerait que les critères de choix soient clairs :

- intégration dans la communauté, l'église, le temple,

- nombre d'enfants, au moins trois,

- plus des enfants de voisins, parents ou autres qui gravitent autour de la famille,

- généralement la mère ne travaille pas, elle ne peut pas, trop de tâches ménagères,

- malgré ça elle est très impliquée dans le bien de tous et de la communauté, ce qui lui laisse encore moins de temps,

- le père ne peut pas être entrepreneur,

- le père occupe une fonction nécessaire au bon fonctionnement citoyen, c'est à dire policier, pompier, petit personnel hospitalier, ce genre de chose,

- il est toujours prêt à rendre service même au détriment de sa famille, il est connu et très apprécié.

- le pasteur de la communauté apporte son

témoignage quant à leur dévouement et leur implication.

– La notion de sacrifice est aussi bien présente.

Une famille bien sympathique qui mérite le bien qu'elle va recevoir car dans l'affaire il va y avoir une énorme vague de solidarité. Toutes les bonnes volontés seront mises à contribution. Et il en faudra car le chantier doit durer sept jours et sept nuits, une véritable création divine. Nous évoquerons plus loin les effets de dramatisation de la réalisation pour la télévision.

Mais dans cette émission, sommes-nous sûrs de parler de solidarité ? Cela ne ressemble-t-il pas plutôt à de la charité ? Donner beaucoup à un seul au lieu de partager. Le partage est beaucoup moins télévisuel, beaucoup moins spectaculaire, moins « dramatisable ».

Un beau jour la famille choisie entend toquer à la porte de la maison. Ils ouvrent, tout le monde sort, ils sont tous présents. Ils ne sont pas étonnés d'avoir de la visite à cette heure-ci. Et là, miracle ils voient un car qui s'est arrêté juste devant chez eux. Ils le reconnaissent, tous les américains le connaissent. Ils n'en croient pas leurs yeux, des larmes coulent, on prend une position recroquevillée en se prenant le visage dans les mains et c'est une litanie de OMG ! (Oh My God ! Mais que vient-il faire dans cette histoire ?). Et pendant ce temps, toute la communauté, qui s'est déplacée sans que personne de la maison ne s'en aperçoive, se trouve de l'autre côté de la route, derrière des barrières de sécurité qui ont dû être placées là en catimini, il faut bien contenir ces élans de masse, afin de soutenir moralement la famille, un animateur courant devant eux avec un micro afin que chacun y aille de son cri d'encouragement.

Puis vient la visite de la maison. On voit bien qu'elle n'est pas adaptée à la vie de cette famille, entretenue sommairement, délabrée par endroit, mal meublée, mal rangée, manque de place. La liste est longue. Les parents tentent de se justifier, les animateurs font leur tête de circonstance, ils comprennent eux, surtout ils compatissent. D'ailleurs quelle meilleure preuve qu'ils ont compris que leur présence ici ? La visite terminée, la famille n'a pas le choix, l'acceptation n'est pas tacite, elle est obligatoire. Ils montent dans le car qui les amène à l'aéroport, direction les attractions et le soleil.

Dès le bus parti la maison est détruite, c'est facile, elle est en bois. Peut-être en leur présence, voyant ça derrière les vitres du bus, je ne me souviens plus. Tout le monde attaque les travaux, maison et jardin. Piscine quelquefois. Mais construire quelque chose comme une maison en bois sur une dalle en béton fraîchement coulée, j'ai un léger doute technique. Après il y a les péripéties d'usage, retard, problème à résoudre, réunion de chantier. Mais surtout on entend : « je ne sais pas si on aura le temps de tout finir », « il faut travailler plus vite », « cette famille le mérite » comme des leitmotivs. Il y a des impératifs de langage. Mais les entrepreneurs volontaires redonnent le moral aux troupes. Ça sera dur mais on y arrivera, pour eux, ils le méritent.

Bien sûr, un jour la famille revient. Toute la

communauté est là pour les accueillir. Cette fois-ci ils sont revenus en voiture et le bus du premier jour leur bouche la vue de ce qui sera leur nouvelle maison. La foule crie d'une seule voix « bouge le bus ! » Celui-ci s'ébranle sous un tonnerre d'applaudissement et la famille médusée de tant de bonté et de bonheur, OMG, OMG. Personne ne peut rester stoïque face à une telle réalisation qui va concrétiser un rêve inaccessible malgré les prières et enfin permettre de vivre correctement.

Mais finalement, à quoi sert cette émission ? À montrer que malgré la pauvreté (relative), la chance existe ? Qu'il suffit de croire ou de vouloir quelque chose pour que cela arrive ? Est-ce un moyen de maintenir les gens dans l'espoir qu'un jour ce sera leur tour ? Ou bien se sert-on de toutes ces raisons pour faire simplement du pognon sur le malheur des gens grâce aux pages de publicité qui ponctuent ces programmes ? L'espoir est le pire des remèdes.

La France n'est pas les États-Unis, malgré tout un tel concept peut être adapté et vendu aux téléspectateurs. Cela a été tenté sous le nom de « Tous ensembles ». L'émission reprenait presque strictement les bases du programme américain. Le choix de la famille n'obéissait pas aux mêmes critères communautaristes mais il fallait quand même une vague de solidarité. Et on voyait ce pauvre animateur faire le tour des bonnes volontés. Il me semble qu'on était plutôt dans un milieu rural. L'engouement n'avait pas la même dimension qu'aux USA. Mais surtout il ne s'agissait que de rénover une maison, la reconditionner, ici elles sont en briques ou en parpaings, donc plus difficile à détruire et à reconstruire dans les temps impartis.

Un autre programme sur une chaîne concurrente reprenait un peu le concept du réaménagement en une semaine mais sans l'élan de solidarité si ce n'est le familial ou l'amical. La famille choisie devait être dans le besoin pour cause de chômage, de maladie ou de handicap. Et la maison pas finie pour ces raisons-là. En revanche pas d'appel à la générosité générale et communautaire, cela se faisait dans une discrétion relative, la réalisation étant focalisée sur les travaux et la figure emblématique de l'animateur. La production se débrouillait pour financer les travaux, avec probablement des cadeaux d'artisans et de fournisseurs. Un site web relayait l'émission.

On ne sait par qui dans le quartier ni comment mais la famille qui avait acheté l'ancienne maison du métayer fut choisie pour ce programme. Peut-être les amis du club de tuning.

Un beau jour on vit donc débarquer dans le quartier une équipe de tournage, camion, cadreurs, preneur de son, perchiste, éclairagistes, stagiaires, producteurs et animateur vedette. Ce dernier, accompagné de ses « chefs de travaux », vint toquer à la porte de notre autre famille modèle qui ouvrit en imitant parfaitement la surprise car dès le deuxième plan de l'émission un cadreur était déjà dans la maison pour bien nous montrer la joie de la famille en découvrant qu'ils avaient été choisis.

L'animateur : « Alors les Loulous, c'est ici que vous vivez ? À première vue va y avoir du boulot, dit-il en se retournant vers ses acolytes qui acquiescèrent en silence. Alors on va faire les présentations. Bonjour, on se fait la bise ? Vous êtes la mère ?

Un « oui » gêné, presque silencieux fut émis en baissant le regard.

> — Et si je ne me trompe pas, voilà le père ? Et les deux enfants qui se cachent derrière lui. Allons, faut pas avoir peur. On va pas vous manger on est là pour vous aider. Ya pas de fille ? on pourra pas faire de chambre de princesse, dit-il en regardant la caméra. Pas grave, on va vous faire des chambres de mecs ! Pas vrai ? D'ailleurs, elles sont où les chambres. Parce que là c'est cuisine et salle à manger et séjour et toilettes. Oups ! Attention les gars ya des fils qui traînent partout. Dis-donc toi faudra que tu t'occupes de ça.

Suivant la mère tous montent l'escalier qui mène à l'étage.

— Non de non ! Pour rester poli ça manque un peu d'intimité ici ! Il n'y a que ces rideaux qui délimitent les espaces ? Ben, heureusement qu'on est là et que vous avez des amis insistants. On va arranger tout ça. Chambres des mecs en haut avec une salle d'eau. Toi, le petit, une chambre « Spiderman », toi le grand, une chambre avec pour thème les voitures. En bas on prend un coin pour les parents, une salle de bain, cuisine et séjour-cheminée. Et toi tu t'occuperas du jardin, dit-il en désignant une personne derrière lui.

Trois jours durant chaque membre de la famille pris part aux travaux, peinture, en prenant bien soin de dégager les coins, carrelage et autres bricolages faciles. Puis, jours et nuits des équipes de professionnels se relayaient pour exécuter les plans définis. Le quartier en a frémi du bruit et du va et vient des ouvriers. Cela eut le don d'augmenter la rancœur contre cette famille dont l'intégration et le sans gêne étaient un problème récurrent pour les voisins directs. Et puis, méritait-elle cette mansuétude avec ses problèmes de voisinage ?

Enfin cette maison ressemblait à une maison habitable et confortable où les espaces de chacun étaient respectés. Le soir de la reprise de la maison finie et décorée ad-hoc, la famille était sous le choc. Main sur la bouche, yeux écarquillés ils répétaient inlassablement « j'y crois pas ! C'est trop beau ! C'est un truc de ouf ! » Le petit pensa simplement qu'il pourra désormais dormir et jouer dans sa chambre, le grand pensa la possibilité d'enfin recevoir intimement. Quant aux parents, ils imaginaient un peu plus de quiétude dans leurs ébats et les soirées devant la cheminée. Outre que leur maison prenait par cette occasion de la valeur, le père songea qu'il n'aurait plus à se fatiguer pour sa réfection mais surtout il songea qu'il pourrait enfin finir sa voiture. Cette perspective le mit en joie.

9

UNE FAMILLE ÉCOLO

Le dernier terrain disponible fut acquis par une famille qu'il était aisé de catégoriser. Tout d'abord par leur habillement. Ils étaient tant colorés qu'ils auraient pu passer pour des hippies de la grande époque du *flower power*. Sandales en cuir, pantalons amples dans le genre sarouel. Chemises à motifs ethniques tibétains, ou indiens, ou népalais. L'homme portait une barbe fournie, sans coupe de cheveux si ce n'est qu'il évitait la broussaille capillaire avec une sorte de chignon qu'il transformait en queue de cheval (de poney) quand il travaillait. La femme avait quant à elle un côté du crâne tondu, le reste des cheveux était transformé en dreadlocks assez fins néanmoins, attachés derrière la tête à la va-vite ou enserrés dans un imposant turban duquel des mèches dépassaient.

Il fallait aller au-delà de l'esthétique, de l'apparence et du jugement au premier regard. Ils étaient un couple intéressant. Ils étaient quand même propriétaires d'un club réputé où des enfants venaient faire du poney avec une éthique basée sur le respect de la nature et de l'animal mais surtout ils rejetaient toute sorte de compétition. Les enfants étaient là pour prendre du plaisir pas pour se battre.

Leur souci était qu'ils ne pouvaient habiter continuellement sur leur terrain pour d'obscures questions de législation. De fait ils déplacèrent le mobile-home qui leur servait de résidence sur le terrain récemment acquis, qu'ils continueraient d'habiter le temps de la construction de leur maison. En bois forcément. Mais la totale écologie se heurte quelquefois à certaines réalités incontournables dans nos sociétés. Comme posséder une voiture très polluante, tout n'étant pas faisable en vélo. Ou faire un soubassement de maison en béton avec un drain tout autour afin d'éviter les remontées d'eau. Les techniques ancestrales étaient bien trop onéreuses et chronophages.

Toutefois, le mode de construction était très intéressant car il permettait de sérieuses économies de main-d'œuvre. Non seulement ils faisaient les travaux eux-mêmes, mais il y avait aussi une solidarité organisée. Eux avaient aidé à la construction d'autres maisons, de cette façon, ils étaient aidés en retour par ces mêmes personnes et par d'autres. Ainsi le système tournait. Si bien que si le chantier fut un peu brouillon par la différence de qualités ouvrières des intervenants, il fut fini dans les temps. Le mobile-home put rejoindre une autre famille dans le besoin.

Bien qu'ils soient tous les deux issus de familles urbaines qui avaient pris le tournant technologique à leur compte, eux avaient choisi un autre mode de vie plus en adéquation avec leurs aspirations. Pourtant, pour eux, tout avait commencé « normalement ». Le père de l'homme était agent immobilier, sa mère cadre dans une entreprise de l'agro-alimentaire. Ses études s'annonçaient bien. Sans être le premier de la classe, il était dans les bons. Si bien qu'il put choisir quelle voie allait prendre ses études sur les conseils avisés de ses parents et des tests psychotechniques.

Ce fut la faculté d'économie après une petite mention au bac. Tout se passait le mieux du monde au grand plaisir de ses parents qui voyaient l'avenir de leur cher enfant assuré par de solides études et un beau diplôme. Mais il sentait confusément que quelque chose n'allait pas. Son esprit était de moins en moins en accord avec les enseignements qu'on lui servait. Si ce qu'on lui inculquait était bien le reflet réel du monde dans lequel il vivait, ce monde lui convenait de moins en moins, il n'était pas satisfaisant. Il fallait tout gober, aucune critique, aucune analyse, aucune autre pensée. On était dans le capitalisme, le marché, la concurrence et tous leurs méfaits. L'échelle de choix possible étant entre les conservateurs et les progressistes, pourvu qu'ils soient tenant de l'économie et de la démocratie libérale avec toujours moins d'état. Aucun autre monde n'était possible, ni envisageable pour la faculté.

Malgré tout il n'était pas un doux rêveur et il lui importait de vivre ici. Il ne voulait être une charge ni pour ses parents ni pour la société. Il comprit aussi assez vite qu'il ne pourrait pas changer grand-chose ni faire la révolution. Il fallait donc dans ce système adapter un autre système plus en accord avec ses idées. Surtout il voulait être libre et indépendant. Mais il fallait en avoir les moyens.

Cela lui prit du temps et de gros sacrifices dont celui malgré tout d'être supporté par ses parents en restant chez eux pour économiser un maximum sur le gîte et le couvert. Ses parents d'ailleurs n'étaient pas contre son projet et c'était leur manière à eux de le soutenir : trouver un terrain encore agricole sur lequel il serait possible de construire une écurie, trouver des poneys, leur équipement et en faire une sorte de centre éducatif pour les enfants de la ville. Entre-temps il avait passé les diplômes nécessaires pour pouvoir encadrer des enfants.

Les parents de la jeune femme avaient le même parcours, la classe moyenne pavillonnaire. Elle aussi après le bac avait suivi des études supérieures à la faculté. Mais au grand dam de ses parents, elle n'avait pas choisi une voie facile et qui n'offrait que peu de débouché en termes de travail salarié. En effet les études de psychologie ne sont pas réputées pour offrir un grand choix sur le marché de l'emploi. Mais, un peu comme sa mère, elle était adepte des médecines et thérapies alternatives. Donc, en même temps que la fac, elle suivit un cursus pour devenir kinésiologue. Elle se disait que les deux formations ne pouvaient être qu'un plus dans l'exercice de sa future profession, qui était plus sa vocation.

Son père aménagea le garage pour que sa fille chérie ait un cabinet où elle pourrait exercer en toute quiétude. S'il était résigné à l'accoutrement de sa fille, il comprit que cela n'était pas vraiment un obstacle et que grâce aux petites annonces sur le net et le bouche-à-oreille, elle avait quand même quelques heures de travail dans la semaine. Heureusement que le loyer du cabinet était proche de zéro sinon ses revenus auraient été misérables. Mais elle y croyait.

La rencontre avec celui qui sera son homme se fit à son cabinet. Il avait un petit souci de santé mais ne voyait pas la nécessité de voir un médecin. La prise de rendez-vous fut très rapide. Elle était étonnée, pour une fois elle ne recevait pas une femme. Cela ne leur prit pas longtemps pour se rendre compte de l'attrait qu'ils avaient l'un pour l'autre, en d'autres termes ce fut un coup de foudre réciproque. Si bien que son bobo disparut aussitôt.

Mais vivre une relation lorsqu'on habite chacun chez ses parents c'est compliqué. La notion de confort étant très personnelle, la leur, leur permettait de vivre en camping tout le temps. Dans leur réseau solidaire ils avaient trouvé un mobile-home encore en bon état, sans fuite, qui pourrait servir d'abri à leur amour grâce à quelques arrangements et réparations.

10

UN COUPLE ÂGÉ

Ils n'étaient plus que deux, monsieur et madame. Ils avaient été beaucoup plus quand les enfants étaient encore là. Ils avaient voulu cette maison pour eux et leur famille. Grande, avec de la place, une chambre pour chacun. Un garage accolé à la maison plus un autre en sous-sol qui menait vers les pièces techniques, eau chaude, chaudière, répartiteur des radiateurs, compteur d'électricité et de gaz. Une cave pour les bouteilles et les conserves du jardin ainsi qu'une pièce à tout faire, du bricolage aux bocaux qui seraient stockées à côté. Maintenant elle était trop, trop grande, trop de place. Les enfants n'étaient pas loin, ils n'avaient pas besoin d'être logé quand ils venaient voir leurs parents. Leurs chambres servaient dorénavant de débarras, sans en être un précisément. Dans l'une d'elle restaient deux lits pour la sieste des petits enfants ou quand ils les gardaient lors d'une sortie de leurs parents, ce qui était et devenait de plus en plus rare. Étonnamment leurs rapports se distendaient. Sans doute la réussite de leurs enfants les éloignait d'eux. Dans les autres chambres se trouvaient des objets qui auraient eu une très belle place au vide grenier communal, voire dans une poubelle ou directement à la déchetterie mais non, ils étaient posés là tout simplement en attendant on ne sait quoi, on ne sait jamais. Ils ne gênaient pas vu que plus personne n'ouvrait les portes de ces pièces et que les radiateurs avaient été fermés. Plus de lumière non plus, les volets étaient clos. Ce qui posait un petit problème, les pièces sans chauffage, sans aération, sans vie se détérioraient. Sous les fenêtres le papier peint se décollait laissant une auréole de plus en plus grande. Personne n'y prenait attention ou si par hasard l'un d'eux rentrait dans une de ces pièces, il faisait semblant de ne rien remarquer ou bien se promettait de s'occuper cela de plus près, plus tard, histoire d'oublier ce début de dégradation. Monsieur avait plus important à penser.

Monsieur/madame considéraient qu'ils avaient réussi leur vie. La maison était payée ainsi que tout ce dont ils avaient besoin pour son entretien. Le cabanon en bois conservait précieusement les outils de jardinage. Une tondeuse thermique, un taille-haie, un aspirateur à feuilles qui pouvait aussi les pousser dans un coin, la brouette, les sacs pour les ramasser et les amener au tas de compost communal, des crochets où étaient suspendus une pelle, une bêche, un râteau, un pioche, une serfouette, une binette, une étagère qui conservait elle-aussi précieusement des pots de terre de différentes tailles, leurs sous-pots, des outils à mains, une griffe, un plantoir, une petite pelle, mais aussi des graines de fleurs, les produits phytosanitaires pour traiter les plantes malades, un pulvérisateur à main. Des cagettes remplies de bricoles indéfinissables, morceaux de bois pouvant faire office de tuteur, ficelle à tendre entre deux piquets pour biner droit et faire des raies de plantations rectilignes (très important, rectiligne), bout de tuyau, nombre de raccords et un enrouleur avec son tourniquet pour arroser le gazon, un couteau à greffer. Mais tous ces outils commençaient à prendre la poussière et la rouille. Leur utilité commençant à devenir aléatoire. Monsieur n'avait plus vraiment le temps et le cœur à cet ouvrage. Sauf la pelouse qui était tondue lorsque cela devenait vraiment nécessaire.

Ils avaient réussi leur vie parce que leurs enfants étaient devenus des adultes responsables ayant eux aussi commencé à réussir leur vie. Pour ça ils avaient suivi tous les conseils de l'éducation nouvelle, pas les vieilles recettes. Ils ne voulaient pas reproduire ce qu'avaient fait avant leurs propres parents et qu'ils considéraient comme une mauvaise éducation. Cette éducation qui les avait amenés où ils en étaient, ou bien ils en étaient là par réaction à cette éducation ? Ils ne se sont pas obligatoirement posé la question comme ça. Leur réflexion n'allait pas aussi loin, ils n'avaient pas lu Dolto et toute sa clique mais ils avaient été abonnés à une publication qui ne pouvait avoir été fondée qu'à leur époque, la revue « Parents ». Elle était probablement une des premières à traiter des problèmes d'éducation d'enfants vu sous l'angle de leur bien-être et de celui des parents comme corollaire. Du moins était-ce sa promesse.

Leurs enfants avaient donc eu à leur disposition leurs parents, quand ils n'étaient pas au travail bien sûr. Ils avaient pu, par chance, compter sur des voisins qui avaient eux-mêmes des enfants de leur âge pour les trimballer aux activités que l'on nomme aujourd'hui ludo-éducatives. Plus nombre de jouets d'éveil et de jeux de société qui réunissaient la famille autour de parties où chacun pouvait gagner, là ils étaient à égalité par le hasard des dés, pas en compétition. Leur grande chance fut surtout d'avoir des enfants ordinaires, sans souci de santé ni de caractère parce que dans ces cas, l'éducation, quelle que soit son orientation, ne peut pas faire grand-chose. Et si la responsabilité des parents qui détruisent leurs enfants est fondamentale, on ne peut pas toujours compter sur la résilience, la responsabilité de ceux qui « réussissent » leurs enfants est bien moindre, sans être négligeable.

La vie dans cette maison était paisible. Chacun étant compréhensif envers l'autre. En fait la vie était fade, monotone. On aurait pu décalquer une année sur l'autre, pas grand-chose aurait changé si ce n'est l'âge des enfants et des parents, bien sûr. Du lever au coucher on avait le même rituel. Il ne pouvait y avoir de dispute pour l'occupation de la salle de bains, un ordre de passage avait été établi et celui qui ne le respectait pas allait déjeuner sans s'être au moins débarbouillé.

Il ne pouvait y avoir de dispute non plus pour le petit déjeuner, il avait été préparé par madame, lait chaud, chocolat, tartines, beurre, confiture. Pas de dispute encore pour les tenues vestimentaires, elles étaient prêtes depuis la veille. Jusqu'à un certain âge ils ne choisissaient pas. Plus grand ils eurent plus de liberté. Les habits de chacun étaient choisis sur catalogue. Il y avait à l'époque deux géants qui se partageaient le marché de la vente à distance et ils évitaient aux familles de courir les magasins. Sauf qu'à un moment de la scolarité où cela devint important, ils n'avaient pas de vêtements de marque, ils restaient ordinaires.

Ils n'en tenaient pas rigueur à leurs parents, ils se noyaient dans la masse. Ils ne voulaient pas spécialement se démarquer, ils restaient moyens. Ils reproduisaient leur modèle.

Si les jours se ressemblaient, les samedis dimanches aussi. Le premier jour tout le monde était réquisitionné pour entretenir la maison et le jardin. On faisait les poussières, on passait l'aspirateur, la serpillière, quelquefois il fallait faire les vitres, on rangeait sa chambre, la cuisine, le salon. La tondeuse était passée, les mauvaises herbes arrachées, les feuilles mortes ramassées. Le jardin potager restait plus du domaine de monsieur mais quand il avait besoin, ses enfants donnaient un coup de main. Le dimanche était réservé aux distractions en famille en fonction de la météo, jeu et lecture à l'intérieur, promenade ou visite.

Les grandes vacances d'été étaient sempiternellement identiques. La voiture était chargée des affaires et de ses occupants et direction la mer. Un camping, toujours le même, toujours à la même période, presque toujours au même emplacement. Au début une tente canadienne, puis une tente igloo, puis une caravane. Là, dans cet environnement sécurisé, les enfants avaient compris qu'il n'était pas nécessaire de sortir du camping. Ils retrouvaient généralement les gars et les filles qu'ils avaient quittés l'année d'avant. Trois semaines de liberté s'offraient à eux. Pourvu qu'ils soient présents au repas, c'était tout ce qu'exigeaient les parents. Le contraste avec la vie ordinaire était saisissant. Le normal ou l'ordinaire n'avait plus cour. Les expériences humaines prenaient chaque année un cran de plus. Ce qu'ils ne pouvaient vivre chez eux ils le vivaient ici. Petit ou grand, les couples se formaient et se déformaient. Au fil des années on se tenait la main, puis on s'embrassait, puis on se caressait, puis il fallut trouver un autre endroit plus discret que le camping. Cela permettait d'entretenir une correspondance pendant l'année scolaire qui faisait attendre l'été fébrilement. Les autres périodes de liberté étaient les petites et grandes vacances. Les parents, grâce à leur comité d'entreprise, pouvaient leur offrir des séjours en colonie, au ski en hiver, à la campagne au printemps. La vie de groupe est et sera toujours une expérience irremplaçable pour les enfants et adolescents. Et si les parents étaient soulagés de voir partir les enfants, cela leur promettait quelques jours de tranquillité, ils étaient aussi contents de les voir revenir.

Cette vie monotone mit un long moment à ne plus l'être de la même façon. Après le bac, les enfants durent pour certains partir à la fac loin de la ville et loger en cité universitaire, pour d'autres être internes dans un établissement particulier. Cela ne se fit pas du jour au lendemain. Les parents purent s'habituer à la situation de ne plus vivre comme avant. Rompre une monotonie pour en retrouver une autre ? Avec des contraintes différentes ? Certainement.

La maison était maintenant vidée de sa fonction initiale. Elle était devenue une sorte d'annexe de l'hôpital. Madame n'avait pas cru à son état de fatigue, elle le pensait passager, soignable par du repos et quelques tisanes. Mais son système cardiaque était fragile, pathologie silencieuse qui frappe sans prévenir. De fait, un jour en rentrant du travail, il vit madame allongée sur le sol, inerte mais consciente. Appel d'urgence aux pompiers. Elle avait fait un

AVC foudroyant, qui ne pût être soigné dès sa survenue. Malgré les séances de rééducations, il restait des séquelles qui ne l'empêchaient pas de rester seule au domicile, il n'y avait pas de risques particuliers. Mais cela la laissa dans un état qui nécessitait la présence d'un tiers pour les besoins de la vie courante, toilettes, repas, ménages. Monsieur n'étant pas encore à la retraite il fallut trouver une aide à domicile qui put remplir cette tâche.

Dans cette ville, les services médico-sociaux n'étaient pas très efficaces mais le couple avait des ressources. Il fut décidé d'abord d'aménager la maison puis de trouver une personne « aidante » qui pourrait s'occuper de madame en l'absence de monsieur. Le recours aux petites annonces permit de voir qu'en la matière il n'y avait pas foule. Toutefois, une annonce attira son attention, une femme se présentait comme pratiquant la kinésiologie. Elle décrivait cela comme une sorte de thérapie qui permettait de soulager la souffrance des personnes malades. Ce n'était pas vraiment ce qu'il recherchait. Peut-être pouvaient-ils s'entendre, cette kinéchose n'était pas obligatoirement très rémunératrice pensa-t-il, sa proposition d'aide-malade pouvait potentiellement être intéressante pour elle. Par chance elle n'habitait pas loin. Mais avant d'aller plus loin qu'une conversation téléphonique, il voulait rencontrer cette personne, discuter avec elle afin de se faire une opinion. Un rendez-vous fut rapidement organisé au club de poneys de son mari. Le temps pressait. Il ne voulait pas que madame reste trop longtemps sans surveillance et sans aide.

11

UN INTÉRIEUR VIELLOT

(Pour le moins suranné et figé)

Ils avaient réussi leur vie. Ils pensaient que leur mobilier était l'image de cette réussite, que leur réussite nécessitait ce type de mobilier. Du style dans toute la maison jusque dans les chambres des enfants malgré leurs réticences. Du Louis quinze de supermarché du meuble. Un tapis d'orient sous la table basse dont les pieds voulaient ressembler à des pattes de félins, le dessus tout en courbe de marbre rose. Autour un gros canapé à bois apparent surmonté d'une coquille symbolisée en son milieu mais avec une vraie paire de Saint Jacques sculptée sur la traverse basse. Le dossier en velours à motif floral tirant sur le rose, clouté sur son montant avec les pointes en laiton sans oublier dessous ce cloutage la passementerie brodée en contraste de couleur. Le montage était identique pour les accoudoirs. Les trois coussins de l'assise étaient ornés d'un galon et de deux pompons pour ne pas confondre l'avant et l'arrière on suppose. Ils avaient aussi pris l'option traversin de dos pour plus de confort, dixit le vendeur. Les deux fauteuils étaient strictement identiques à part qu'ils ne pouvaient accueillir qu'une seule personne.

Sur les murs du séjour une tapisserie imitait la toile de Jouy, dans des tons bleus. Ils avaient évité de justesse la grosse faute de tapisser le plafond. Un lustre à pampilles de cristal promettait la lumière. Un meuble, toujours de

« style », avait cédé aux sirènes du modernisme puisqu'en l'ouvrant on découvrait une télévision, les ouvertures latérales contenait le magnétoscope VHS, le décodeur pour la chaîne payante et les étagères dessous une collection improbable de films enregistrés, le caméscope ainsi que les images de vacances qu'il avait permis de capturer. Tout cela aurait dû être vu et revu mais personne ne s'en occupait plus vraiment.

Sur les murs trois peintures de scènes de genre, nature vivante de cerfs, de biches et de vaches dans un champ. Bien exécutées, signées par un inconnu et encadrées d'un bois travaillé, ciselé en feuilles d'acanthes et doré, très doré. Très visible sur les murs. Maintenant, comme un pied de nez à l'artiste, trônait en dessous de ces toiles quelques dessins des petits enfants, scotchés ou punaisés directement sur le mur. Tant pis pour lui.

Un buffet vaisselier en merisier massif et placage merisier contenait la collection d'assiettes de madame qui lui venait de sa mère et de sa grand-mère. Du Limoges, du Rouen, du Giens, d'autres provenances encore, même une assiette anglaise. Mais celle-là personne ne savait de qui elle venait. Les tiroirs étaient occupés par la ménagère en métal argenté, un de leur plus précieux cadeau de mariage avec le service en porcelaine blanche à liseré d'or fin peint à la main qui occupait le bas du buffet.

Ils avaient été fiers de le sortir la première fois. C'était dans cette maison, ils n'avaient pas voulu s'en servir ailleurs, cela aurait été une sorte de sacrilège de l'utiliser autre part que dans un pavillon. Un appartement n'aurait pas convenu à la classe de la chose. Leurs parents respectifs avaient été invités à manger un dimanche midi. La table était belle avec sa nappe en dentelle, l'assiette creuse posée dans l'assiette plate, la serviette pliée dans un rond, les couverts à viande et à poisson disposés à leur place sans avoir oublié le repose couteau. Devant les assiettes les couverts à desserts et à entremets, un service de trois verres finissait de compléter le tableau avec le repose-plat et un petit bouquet de fleurs.

Malheureusement, à trop vouloir bien faire on s'emmêle les pinceaux et personne ne fut à même de se servir correctement des instruments à disposition, essentiellement par méconnaissance de leur usage formel. Cela n'avait finalement que peu d'importance et fut plutôt risible. Mais, le vrai gros problème quand tout le monde et qu'il fallut tout laver, tout sécher, et tout ranger. Car, si la vaisselle était belle, le lave-vaisselle lui était interdit. Il fallut donc tout laver à la main en faisant bien attention de ne rien ébrécher ou pire de casser. Le temps que tout soit fait, malgré l'aide des enfants, la soirée était bien avancée. La première sortie de ce magnifique cadeau de mariage fut aussi sa dernière. Il encombra définitivement le buffet du salon.

Ils avaient aussi voulu une cuisine intégrée comme on disait à l'époque. Elle était séparée du séjour par une double porte en bois à petits carreaux en verre fumé. Que des meubles et aucun appareil électroménager visible. Pas de frigo, de cuisinière ou autre qui dépasse et qui font tâche, non, un bloc. Il fut choisi en chêne. Le plan de travail était carrelé tout comme la crédence mais elle avait du décor en plus, des scènes champêtres venaient briser la monotonie de l'ensemble. Tout cela était du plus bel effet et madame était fière de sa cuisine, belle, propre, nette, moderne. Elle avait l'éponge et le torchon agiles.

Les portes d'accès à la cuisine étaient rarement fermées, elles avaient une utilité très secondaire. Il fallait accéder facilement au coin repas qu'ils n'avaient pas voulu intégrer dans la cuisine justement. Chaque repas, chaque collation se prenait donc sur la table de la salle à manger, en merisier de style elle aussi, ronde à rallonge, qui fut finalement recouverte d'une toile cirée, elle-même sur un *bulgom*, pour ne pas l'abîmer ni la tacher. Et, en cas de réception un peu officiellement guindée, cette toile était simplement recouverte par une grande nappe, lavable et repassable. Les chaises en hêtre teintées façon merisier avaient maintenant le cannage qui s'affaissait un peu. L'assise pour certaines formait un creux plus ou moins prononcé. Un petit coussin de chaise cachait cette mini misère. Ils avaient trouvé un artisan pour les refaire mais le prix les avait rebutés.

Leur chambre était aussi dans le même style, mais cette fois, la toile de Jouy était dans les tons roses. Tout comme la couleur du rembourrage en velours de la tête et du pied de lit qui avaient eux aussi, comme le canapé un encadrement en bois à sculpture de coquille et clouté de laiton. Les deux chevets avaient aussi les pieds galbés comme la table basse du salon et un dessus en marbre rose. Ils étaient chacun surmontés d'une lampe à pied en laiton et abat-jour plissé desquels pendaient des pompons roses. Face au lit se tenait imposante une armoire à glace, en merisier aussi, à trois battants. Deux pour les étagères et les affaires qui se plient un pour la penderie. Une commode à tiroir venait finir de remplir la pièce dans laquelle il devenait difficile de bouger.

Les chambres des enfants étaient à l'avenant. On ne leur avait pas demandé leur avis. De fait, ils avaient un peu honte de faire venir des amis chez eux, ils préféraient aller chez les autres, chez qui ils voyaient des chambres d'enfants ou d'adolescents normales, ordinaires. Des chambres plus actuelles de catalogues dans l'air du temps.

Ils étaient très fiers de leur maison et de son intérieur. Ils s'y sentaient bien. Elle faisait cossue, confortablement bourgeoise. Du moins était-ce l'idée qu'ils se faisaient de la bourgeoisie. Ils voulaient paraître mais n'étaient qu'une imitation. La cherté et l'uniformité de leur ameublement ne reflétait que leur manque de goût.

Ce qui pouvait paraître parfaitement étonnant pour qui connaissait la passion de monsieur. Elle ne s'exprimait pas dans la maison mais dans un lieu particulier, son domaine, l'étage qu'il avait aménagé sous le toit du garage et dont l'accès été strictement réservé à quelques initiés. Il y avait là des étagères, des bibliothèques, des vitrines de récupération mais elles exposaient son plaisir, sa collection d'objets concernant l'automobile ou, comme disent les commissaires-priseurs et les collectionneurs : l'*automobilia*.

Il y avait des plaques émaillées de marques d'huiles, d'essence ou de voitures, la même chose pour les posters et les affiches d'événements automobiles, des lithographies, des peintures, quantités de livres, de revues, de revues techniques, des notices d'entretien, des catalogues, des bouchons de radiateur surmontés de leur mascotte, des plaques d'immatriculations françaises et étrangères, des insignes métalliques de marques ou de modèles de voitures, quantités de bidons de deux à cinq litres d'huile, des outils bizarres, des clés à pas non métriques, des phares chromés, des catadioptres, une montre de tableau de bord à remontage mécanique qui devait tenir huit jours, une autre trente-six heures, des cartons de voitures miniatures en métal ou plastique de marque anglaise ou française, des calendriers de garages, érotiques ou pas, un lot de timbres, des médailles commémoratives de telles courses de côtes, de rallyes, des cartes postales, un des joyaux de la collection, une lettre manuscrite signée d'un constructeur automobile, des volants, des pommeaux de levier de vitesse, des tachymètres (compteurs de vitesse), des jauges à essence, des voltmètres, diverses instrumentations, des cabochons de moyeux de roues, des figurines de bouchons de radiateur. Autre joyau, une calandre de Bugatti, des bougies, des guides Michelin, une malle arrière, des cartes routières publicitaires et des affiches de films.

Il y avait là de quoi faire pâlir le moindre amateur. Mais comme tout collectionneur compulsif ou réfléchi, une question le taraudait. Qu'adviendra-t-il de ses trésors le jour de sa mort ? Ses enfants avaient connaissance de sa collection mais n'avaient pas l'air de s'y intéresser. Ils risquaient surtout de se faire voler, arnaquer par un brocanteur peu scrupuleux. Il leur avait bien dit de faire une vente aux enchères mais ils n'avaient pas semblé prendre la mesure de l'importance des objets accumulés.

En attendant, avec sa femme malade à la maison, il prenait plaisir à contempler ses trésors.

12

UNE RENCONTRE

Le jour dit et un peu en avance sur l'horaire, il détestait être en retard, il laissa à contre cœur sa femme à la maison. Au fond de lui il savait qu'elle ne risquait rien mais il avait quand même cette sourde appréhension. Elle n'avait pas la maladie d'Alzheimer, elle ne perdait pas la tête mais elle n'était plus complètement autonome comme avant son AVC. Il préférait, tant que cela serait possible et si un accord satisfaisait chacun, avoir une tierce personne qui put s'occuper d'elle.

Il démarra doucement en laissant le temps au moteur de monter en température. Il avait cette habitude de prendre très soin de ses véhicules. Une pression sur un boîtier et le portail s'ouvrait automatiquement. Il était toujours garé dans le sens du départ. Les pneus faisaient crisser les graviers de l'allée. Une fois passée le portail il attendait sagement que celui-ci se referme, cela le rassurait. Il avait entendu parler de ces personnes qui n'attendaient pas la fermeture complète mais une fois la voiture suffisamment éloignée, un malandrin pouvait s'introduire facilement dans la propriété. Donc il attendait. Il ne voulait pas prendre de risque pour sa collection et aussi sa famille.

Le poney club n'était pas loin, il était vraiment en avance. Il y avait une sorte d'aire devant où d'autres voitures étaient stationnées. Lui même s'y gara près de l'entrée. Frein à main serré il descendit de son véhicule, direction le bâtiment principal, qui était l'écurie, devant laquelle discutaient deux personnes. Derrière trônait un tas de fumier, un petit tracteur avec sa remorque pleine des déjections chevalines qui attendaient de rejoindre l'amas principal, une fourche plantée dedans le laissait deviner. Dans le manège un homme s'occupait d'un petit groupe d'enfants. Bombes posées sur la tête, bottes dans les étriers, ils dodelinaient en faisant le tour du manège alternativement dans un sens et dans l'autre, en écoutant et suivant les ordres du moniteur.

Il s'approcha pour regarder la séance, il trouvait les enfants amusants dans leur accoutrement, leur air sérieux obéissant aux ordres. Les poneys devaient certainement avoir une grande habitude de ces exercices. À cet endroit de la barrière, il était assez près pour entendre la conversation des deux femmes qu'il avait vues en arrivant.

La jeune femme : « Alors cet aménagement, il est terminé ?

La maman : - oui, cela fait un moment maintenant, tout est en place exactement comme on l'avait voulu. C'est beau !

– Cela n'a pas dû être facile tous ces meubles en kit à monter. Il ne faut pas se tromper de vis ni mélanger les éléments des différents meubles... Les notices de montage sont bien faites, je crois. Mais quand même, c'est compliqué pour moi.

– Oui, mais je n'étais pas inquiète. Il suffit de suivre exactement ce qui est dit et dessiné. Et puis mon mari est un champion de l'organisation.

– En fait, moi aussi j'aimerais avoir quelques meubles

sympas pour remplacer mon bric-à-brac de bricolo. Je désespère un peu. Et d'habiter là c'est mieux pour votre fille, vous êtes plus près du club.

– C'est vrai, je perds moins de temps. Pour elle je suis tranquille. C'est son frère qui me donne du souci.

– Allons donc ! Que se passe-t-il ? Il se débrouille bien pourtant.

– J'ai l'impression qu'il ne s'intègre pas bien dans son nouveau collège. Les changements ne sont pas toujours bons. Il a quitté un établissement très familial pour une sorte d'usine impersonnelle.

– Ne vous tracassez pas, je suis sûre qu'il s'en sortira très bien, c'est un garçon intelligent et plein de ressources.

– Vous êtes gentille de me rassurer. Mais vous et vos problèmes de voisinage, vous en êtes où ? Ils sont toujours aussi pénibles ?

– Ne m'en parlez pas ! On dirait des « rednecks » à la française. Racistes, homophobes, ils ont tout pour plaire et me plaire particulièrement. Si les armes étaient autorisées chez nous comme aux U.S.A., je suis persuadée qu'ils en auraient une collection. Je ne vous raconte pas les disputes et les engueulades qu'ils provoquent. Ils font un bruit infernal quand ils s'occupent de leurs voitures pourries. Je suis sûre qu'ils en tirent une grande fierté d'enquiquiner, pour rester polie, le quartier.

– Et vous ne pouvez rien faire ? Prévenir la police, porter plainte. Vous savez, le tapage est autant répréhensible de jour comme de nuit.

– Ça va venir, on va d'abord faire une pétition avant d'en venir à quelque chose de plus officiel. Malgré tout on va privilégier le dialogue. Mais la vraie nouvelle c'est qu'ils ont été choisis pour participer à une émission de télé qui s'occupe de remettre votre maison en état en une semaine. Je vous jure, il n'y a de la chance que pour la canaille. »

En entendant cette conversation il avait bien compris avec qui il avait rendez-vous. Il quitte donc son poste d'observation des enfants pour, en quelques pas, s'approcher des deux femmes. Il les salue, s'excuse de les déranger et se présente. Elles se présentent à leur tour. Il ne s'était pas trompé.

Monsieur : « nous nous sommes parlé au téléphone, pouvons-nous discuter pour voir si nous pouvons nous convenir ou du moins convenir d'une période d'essai ?

La jeune femme : - Bien sûr, allons dans le bureau de mon mari, nous serons plus à l'aise. Suivez-moi. (Ils s'installent).

– Je pense que vous avez compris la situation. J'ai encore quelques obligations professionnelles mais si ma femme qui a fait un AVC peut rester à la maison, je préfère qu'une personne compétente l'accompagne pour certains gestes de la vie quotidienne, sans les faire à sa place mais assurer une présence. Et si en plus votre spécificité thérapeutique peut lui faire du bien ce ne serait que mieux.

– J'ai effectivement bien compris de quoi il retournait. Je pense très sincèrement que je peux être un plus, un véritable bénéfice pour votre épouse. J'ai déjà aidé certaines personnes dans ce cas à mon cabinet. Je préconiserai deux séances de kinésiologie par semaine pendant trois semaines. Puis une seule pendant un temps que nous définirons. Pour le reste de ma présence je suis à votre disposition. »

Un emploi du temps fut établi ainsi que les modalités financières de l'arrangement. Les deux parties semblaient satisfaites. Mais ce que n'avait pas remarqué la jeune femme c'est que, pendant toute leur conversation, le vieux monsieur avait eu toute son attention attirée par la maman. Incidemment, en rappelant quelques bribes de la conversation entendue précédemment, il posa quelques questions à son sujet à la jeune femme. Il en savait maintenant un peu plus sur elle mais surtout où elle habitait.

Tout en continuant de deviser, ils quittèrent le bureau pour s'approcher de la maman. Il voulait la voir de plus près, peut-être lui parler autrement qu'une conversation anodine. Il se sentait irrésistiblement attiré. Elle n'était pourtant pas spécialement belle, toutefois, se dégageait d'elle un certain charme. Qu'une personne plaise à une autre cela ne se commande pas. Mais, par-dessus tout, quelque chose l'avait subjugué.

Son regard, il l'a croisé à un moment, temps

extrêmement fugace, au fond de ses yeux, il crut y lire la détresse d'une femme qui n'est plus aimée, qui vit par habitude. Il se persuada rapidement quant à cette interprétation qu'il jugea la plus plausible. Il en fut chamboulé. En retournant à sa voiture il pensa qu'il pouvait faire quelque chose pour elle, la sauver peut-être. Il se jura de lui montrer ce qu'est l'amour inconditionnel pour une personne. Il voulait un bouleversement dans leur vie. Mais elle ne le savait pas encore. En cachant parfaitement son état d'excitation, il prit congé des deux femmes pour retourner à sa voiture.

Une fois assis ceinture bouclée, sur le chemin du retour, son cerveau était en ébullition. Il avait désormais une mission. Il conduisait machinalement, il était trop occupé à échafauder des plans, des scénarios. Il arriva chez lui sans encombre. Ouverture du portail, allée, demi tour, entrée dans le garage, maison, épouse. Il reprit, en la voyant, un peu ses esprits. Il la percevait, depuis sa rencontre avec la maman, d'une manière différente qu'il avait du mal à définir. Un boulet, un poids, une gêne. Elle devenait un frein qui n'aurait jamais conscience de la situation vu son état. Du moins le pensait-il. Il pouvait donc s'adonner à sa « mission », il verrait par la suite comment traiter le cas de sa femme. En attendant d'autres décisions, il la laissa dans son monde afin de se rendre dans son bureau pour rédiger sa première lettre d'amour.

13
LETTRES D'AMOUR

Première :

J'ai quand même envie de vous écrire une lettre d'amour. C'est quelque chose de désuet maintenant. Il y a des lettres qui sont passées à la postérité. Tous les grands auteurs ont commis les leurs. C'était le moyen le plus rapide et le plus sûr, sauf présence de mari importun, de déclarer sa flamme quand l'objet de celle-ci n'était pas présente.

Il y a une variante à cet exercice. Quand on veut déclarer son amour, qu'on n'ose le dire et encore moins l'écrire, par peur ou incapacité, on le fait par le truchement d'une chanson. Un chanteur ou une chanteuse récitant les mots que l'on voudrait dire, les textes ou les paroles d'un autre que l'on s'approprie. Parfois en sont-ils les auteurs. Troubadours des temps modernes, ils s'emploient à chanter l'amour afin que les auditeurs, les quidams prennent ce chant pour eux et le présentent à sa ou son bien aimé(e) comme une déclaration, un engagement.

Êtres sans imagination, on ne peut leur en vouloir. Dire « je t'aime » avec des formes est un exercice périlleux et compliqué. Ils ne cherchent pas à être eux-mêmes. Cette chanson entendue mille fois leur parle. Elle devient unique pour eux, elle devient leur. Et cela tient du prodige que cet unique soit si commun. Que leur importe, l'essentiel est l'émotion que procure, que dit et que veut procurer cette chanson qui deviendra leur bien commun, leur hymne à l'amour réciproque. L'air et la musique jouent la nécessaire partition de la corde sensible. Les paroles en sont faciles, mémorisables, pas de littérature, de rime riche, « je t'aime, tu m'aimes, c'est beau... »

A leur décharge, il est vrai qu'en amour il est difficile d'innover. Depuis que l'homme vit en société, parle ou écrit, il n'a eu de cesse d'exprimer ces et ses sentiments, sinon comment séduire les femmes, les hommes et les dieux. Cela en des styles, des manières propres aux différentes époques mais avec la même finalité.

Donc, si je veux vous écrire cette lettre d'amour, il me faudra être original, pas anonyme, convaincant. Mais ce ne seront toujours que des mots. Une lettre, un texte, s'il dit l'amour, le prouve-t-il pour autant ? Comment prouver l'amour ? Je crois qu'on ne peut pas. On ne peut que le dire et le faire. La preuve c'est l'autre qui veut bien l'accepter, y croire. Car, « *tempus fugit* », le temps passe. Ce qui est vrai maintenant l'est-il éternellement, on aimerait y adhérer.

Mais, au-delà des mots et des actes, il y a le corps qui sait, lui. Quand on aime il le ressent. Les sensations sont différentes du désir. On apprend à faire cette différence entre « je veux » et « j'aime ».

Le désir c'est soi, même si on peut aimer le partager, c'est quand même soi, aimer c'est à deux (avec réciprocité si on a de la chance). Il y a toutefois un point commun entre les deux : le potentiel de réalisation de l'un et de l'autre. En effet, si l'objet du désir est identifié, ce n'est pas pour cela qu'il devient accessible. Même si comme nombres de personnes qui sont capables de se persuader en disant « quand on veut on peut », ce qui est pour le moins irrationnel, car si la seule volonté faisait marcher le monde cela se saurait depuis longtemps et il y aurait des bousculades pour être en haut de l'échelle. Il y aura donc peut-être encore des freins, des impossibilités matérielles, physiques ou plus grave, morales. Mais je vous veux.

Dans la proposition précédente, si on remplace « désir » par « amour », celle-ci reste juste. L'histoire de l'humanité est jonchée de couple qui sont passés à côté de leur amour.

Georges BRASSENS a chanté ce poème d'Antoine POL :

Je veux dédier ce poème / à toutes les femmes qu'on aime

Pendant quelques instants secrets / à celles qu'on connaît à peine

Qu'un destin différent entraîne / et qu'on ne retrouve jamais

... A celles qui sont déjà prises / et qui vivant des heures grises

Près d'un être trop différent / vous ont, inutiles folies

Laissé voir la mélancolie / d'un avenir désespérant.

Mais, je résume, selon que notre vie fut triste ou heureuse, passantes, vous serez dans l'oubli demain ou bien peuplerez-vous nos souvenirs.

Parce qu'il y a une douleur incroyable, inconcevable à être amoureux, à attendre un signe, de ne pouvoir le vivre.

On est dans l'antichambre de la mort. Elle est et elle reste une option, comme un remède. Malgré tout on vit, on est présent, on fait semblant. On nous voit, on est dans la société avec d'autres gens et même on interagit. Personne ne voit rien de ce qui tord les tripes et le cerveau. On trouve un peu de calme contre ce mal en imaginant que l'autre aussi ne vit pas la vie qu'elle veut. Piètre consolation d'imaginer être la personne, le recours qui éradiquera ce mal afin que deux êtres se joignent.

Et je veux vous rejoindre, pour que vous ne restiez pas une passante.

Deuxième :

Nous avons fixé un rendez-vous, prévu une date qui convienne par rapport à nos activités, en ajoutant un léger mensonge, tout au plus une omission. Et si cette date n'existait plus. Un trou dans le calendrier. Il en manque bien au mois de février. Celui-ci hésite entre vingt-huit, vingt-neuf. Trente même pour pouvoir enlever dans un autre mois un autre jour, au milieu.

Cette date que j'attends depuis maintenant trop de jours. Je ne les ai pas comptés depuis la dernière rencontre. Qu'elles soient là, ces journées, est déjà assez désespérant puisque ces satanées m'ont séparé physiquement de vous, pas mentalement, vous m'habitez. Une faille temporelle, un saut de cette ampleur ne peut pas exister. Imaginons que le monde passe directement du quinze au dix-sept, pas de seize ? Pire que le « bug de l'an 2000 », le fameux qui a fait frémir tant d'informaticiens mais surtout tant de présentateurs de journaux télévisés et aussi permis sur ces plateaux à tant d'experts d'expertiser. Pour le résultat que, l'on connaît : rien.

En revanche, avant l'ère cybernétique, il a bien fallu recaler des calendriers pour que le monde du commerce s'entende et que la révolution d'octobre se passe en novembre. Les tsars avaient des idées saugrenues.

Mais, quel que soit le calendrier, les jours se suivent, s'enchaînent. Ils peuvent changer de noms, leur suite est inéluctable et s'ils ont un numéro, il n'y a pas de saut, sauf pour recommencer l'incrémentation : semaine, décades, mois, il y en a sûrement d'autres.

Quelles craintes j'éprouve donc ? Il n'y a que Lucifer qui soit capable d'une telle méchanceté. Car enfin si dieu a créé la terre et l'univers, il a aussi créé le temps, mais comme dieu lui-même n'a aucune incidence sur aucune chose, n'étant cause de rien, il ne peut faire varier le temps dans ces proportions.

Parce que je ne veux pas manquer notre rendez-vous. J'ose espérer que vous aussi. Cette date est donc comme gravée dans mon cœur et je me reprends à imaginer la rencontre. Nous nous connaissons un peu mieux tous les deux. Toutes les possibilités qui pourraient advenir je les ai listées, vécues dans ma tête. Certaines ont ma préférence. Elles ont fait vibrer mon corps. J'ai pu, de mes mains, dessiner vos courbes. Mais je ne sais rien, je ne suis sûr de rien, pas même si vous serez là. C'est vous qui déciderez du comment, des modalités. Mais elles ne pourront être neutres, ce serait insupportable, surtout ce serait impossible.

Mon imagination ne peut pas se tromper à ce point. Trop de rêves, trop d'images pendant trop de temps. Trop longtemps tus. Car rien ne peut sortir, rien ne doit sortir. Il n'y a que le silence car rien ne doit changer. Pourtant tout est différent pas seulement parce que le temps passe mais parce que ce temps a forgé une histoire silencieuse, hors normes, qui n'existe pas, sauf pour nous. Et pourtant je sais que vous serez là comme je sais que j'y serai aussi. Et que, au milieu de toute cette réflexion, c'est l'instinct, le besoin, qui dictera nos ébats.

Troisième :

Comment ne pas revenir sur ce qui restera un de nos plus grands souvenirs. Il nous a coûté en morale et en éthique par la dissimulation et le mensonge qu'il imposait. J'avais demandé exceptionnellement que la jeune femme reste auprès de mon épouse et vous avez annoncé à votre employeur une absence imprévue.

Je sais maintenant que notre attente de ce moment était la même. Autant de fébrilité de votre part que de la mienne. Le trajet vers ce restaurant, je ne l'ai pas vu, je ne l'ai pas vécu. J'étais déjà avec vous. Rond-point, clignotants, vitesse, tout était machinal. Mon cerveau était partagé. Une partie fonctionnait pour vous rejoindre, l'autre partie vous voyait, vous sentait. Je me gare, enfin arrivé. Courir, marcher ? Faire de grand pas, ne pas perdre une seconde. Scruter les tables, vous chercher, vous voir. Le cœur qui explose. Je ralentis. La tension de la possibilité de votre absence s'efface d'un coup mais celle d'être à vos côtés grimpe en flèche. Une expression du bonheur ?

Puis nous nous sommes découverts, pris la main, pris les mains, pris nos regards. Nous nous écoutions, nous nous entendions. Un halo nous entourait seulement traversé par le serveur et ses plateaux. Aucun bruit ne nous parvenait que le son de nos voix et la force, l'énergie de nos sentiments. Nous sentions qu'il n'était pas possible ce jour d'en rester là. La fin du repas et l'addition sonnaient comme une invitation à se retrouver encore plus près l'un de l'autre. Il fallait parfaire l'union de ce rendez-vous.

Nos voitures prirent un chemin de traverse. La clairière semblait nous attendre. Debout l'un en face de l'autre, nos corps se touchaient enfin. Un frisson nous parcourut de haut en bas quand nos bras passant dans notre dos augmentèrent légèrement la pression. Nos souffles se faisaient plus forts. Je baissais légèrement ma tête pour embrasser ton cou pendant que tes lèvres se posaient sur ma gorge. Tu as senti mon érection, ton bassin s'incurva vers le mien. Un léger mouvement de va et vient finit de nous exciter. Il ne restait plus qu'une solution, t'appuyer contre une voiture, soulever ta jupe, écarter ta culotte, baisser mon pantalon et mon slip et faire ce que nous attendions depuis longtemps, que nos sexes s'unissent dans un élan d'amour.

Nous venions de sceller nos destins.

Quatrième :

Mon Amour. Que le temps semble long sans toi. Je ne puis faire autrement. Tu es avec moi ! Je me remémore le chemin, il est empli de ta présence. Une aura singulière émane de notre point de rendez-vous. Je sais que tu es là à m'attendre, avec cette fébrilité qui prouve une fois de plus que toi aussi tu m'aimes comme je t'aime.

Tu me manques terriblement. Tu es comme une drogue à l'addiction particulièrement forte. Je ne veux pas me sevrer car celle-ci me pousse à vivre encore et encore. Aller plus loin. Allons plus loin. Détachons-nous de notre présent, de notre quotidien, de cette prison qu'on appelle maison. Partons ! Trouvons cet ailleurs qui sera l'écrin de notre amour, où rien ni personne ne pourra l'entamer, l'entacher, le détruire. Nous en avons les moyens, la volonté. Rien ne peut contre cette puissance.

Nos désirs communs ne font qu'attiser cette flamme. Je sens ton corps contre le mien. Je sens ce plaisir unique, à nous seul, qui monte. Nos mains qui caressent, qui sculptent, qui modèlent, comme nos lèvres et notre âme se touchent aussi. Nous jouissons de nous.

J'attends fébrilement notre prochaine union.

14

FAIT DIVERS 1

Papa était un homme tout à fait ordinaire. Il était aussi bien accaparé par son travail que par une de ses collègues, cadre comme lui dans un autre service de l'entreprise. Une complicité naissait, une idylle pouvait suivre. Personne n'aurait pu dire qui avait commencé. Ils avaient manifestement des affinités de carrière ainsi qu'une certaine complicité mais leur situation matrimoniale respective était différente. Lui était marié, elle était divorcée avec un enfant d'âge scolaire. Les réunions, les conversations entre bureaux et les discussions de fin de journée faisaient augmenter sensiblement le taux d'affinité qui pouvait exister entre eux. Un séminaire de trois jours acheva de les rapprocher. Le deuxième soir, adultes consentants, ils firent chambre commune. Dans la plus grande discrétion bien sûr.

Mais pour elle, quelque chose achoppait. Elle ne pouvait pas et ne voulait pas s'abandonner dans une relation avec un homme marié, qui plus est qui travaille dans la même société. Elle était prête à être amoureuse comme il le lui avait déclaré l'être précédemment. C'était peut-être une déclaration artificielle pour simplement la séduire. Les hommes sont capables de tout. Aussi elle n'avait nul besoin d'un « sex-friend ». Elle les connaissait trop bien ces hommes, disséqués dans les magazines de psychologie à l'adresse des femmes qu'elle lisait. La leçon était simple : « si vous fréquentez un homme marié, s'il ne quitte pas sa femme dans les trois premiers mois de votre relation, vous resterez une maîtresse ! Malgré toutes ses promesses, il aura toujours de bonnes excuses pour ne pas quitter sa femme. Crédits, enfants, maison. »

Car des promesses il en avait fait. Il sentait bien que son couple n'en était plus un malgré les investissements mobiliers et immobilier. Il voyait bien que son épouse était devenue une demi-femme au foyer. Que son travail partiel à la crèche et son travail complet enfants-maison avaient eu raison de ses désirs. Surcharge psychique ? Surcharge mentale ? Peut-être ! Il ne la sentait plus. Lui-même se ressentait comme une pièce dans l'édifice mental qu'elle avait élaboré. Il s'apprêtait à le détruire. Il ne savait pas comment. Cela lui faisait peur quand même. Il fallait du courage. Les rares conversations sur le sujet de leur relation et de la vie de couple avaient tourné court. Il la voyait prise dans son système qu'elle ne voulait pas changer. Une peur, une résistance au changement ? Comment savoir. Il aurait pourtant aimé retrouver son amour d'avant mais elle était devenue maman. Que maman et maîtresse de maison. Elle devenait la seule fautive de cette situation. Étant un homme, il ne pouvait en être autrement. Il ne voulait pas en parler et lui ne fit aucune introspection concernant leur relation. Malgré sa relation adultérine, il était sans faute et sans reproche Il ne pouvait pas savoir ni imaginer que dans sa tête se jouait une pièce dont il n'était pas le héros et cela la perturbait encore et encore plus à chaque lettre qu'elle recevait.

Elle ne comprenait pas. Un jour dans la boite à lettres fut déposé au milieu des publicités un courrier qui lui était destiné. Chose improbable à notre époque le nom et l'adresse étaient manuscrits. Étrange. Avec une certaine fébrilité elle ouvre l'enveloppe. La même écriture noircissait le papier. Elle commence à lire : « *J'ai quand même envie de vous en écrire. C'est quelque chose de désuet maintenant... Et je veux vous rejoindre, pour que vous ne restiez pas une passante.* » Un choc, une bombe. Une personne quelque part voulait l'aimer.

Elle ne se souvenait plus de la dernière fois qu'elle avait partagé ce sentiment. Cela remettait en cause les bases même de son existence actuelle. Elle ne pouvait y croire. Ce ne pouvait être qu'une erreur, une blague douteuse. Mais le doute s'instillait dans son esprit et commençait à faire son œuvre destructrice. Elle chercha difficilement à ne plus penser à ce funeste courrier. Elle reprit ses activités et ses tâches avec encore plus de concentration. Jusqu'à la lettre suivante qu'elle espérait sans se l'avouer. Le ton était différent mais le propos très clair. Il proposait un rendez-vous ! À elle, une femme mariée avec des enfants et une maison à s'occuper. Immédiatement son esprit se mit à tourbillonner pour trouver cette date qui leur permettrait de voir cet inconnu, de se toucher, pour la première fois de s'aimer. Les jours passaient dans cette attente.

Mais la lettre suivante racontait dans le détail ce rendez-vous qui n'avait pas eu lieu. Elle disait pourtant son sentiment, son ressenti, son désir, sa volonté de le partager. Tant, qu'elle imagina que cette rencontre fut réelle. L'inconnu prenait une forme, il devenait plus que résultat de son imagination, il prenait vie, il était vie, un morceau de la sienne. Pourtant le vrai monde ne lui échappait pas. Ses tâches et obligations étaient remplies. Elle vivait cette autre réalité avec une très grande intensité. Elle se partageait entre ses moments de lucidité et ses rêveries. Elle attendait la lettre suivante pour vivre la suite de ses aventures amoureuses et érotiques. L'attente ne fut pas longue.

Exceptionnellement, une série de dysfonctionnements dans l'organisation de la journée allait perturber la quiétude de façade de la maisonnée. En ce mercredi après-midi, les enfants n'avaient pas eu leurs activités hebdomadaires, le facteur était un remplaçant et sa tournée avait beaucoup de retard, la fille de la maîtresse de papa était malade et cette dernière avait pris une demi-journée de congé. Donc papa revint à la maison beaucoup plus tôt que prévu et personne ne l'attendait.

La voiture stationnée, il parcourut l'allée en sens inverse pour se diriger vers la boite aux lettres de laquelle dépassaient des prospectus. Le préposé à la distribution du courrier faisait un travail de sagouin pensa-t-il, et personne dans cette maison ne s'occupe de rien. Il ouvrit la boite, tria le courrier de la publicité et, machinalement décacheta les lettres sans faire attention à leur destinataire. La première enveloppe découvrit une feuille couverte d'une écriture à la main. Étonné, il commença à lire. Stupéfait, il stoppa sa marche vers la maison. « *Mon Amour... je t'aime... tu me manques... nos désirs communs... j'attends fébrilement notre prochaine union.* »

Il était maintenant une statue dans son allée. Dans

une main sa mallette, dans l'autre les courriers, le regard vers la baie vitrée derrière laquelle maman se trouvait, la bouche bée. Elle ne comprenait pas son immobilité jusqu'à voir dans sa main un objet familier, sa lettre d'amour. Toute pleine de bonheur elle sortit de la maison, posa un baiser sur la joue de papa, lui prit la lettre qu'il tenait encore pour la lire à son tour. Ce faisant elle dit à papa en souriant de toute son innocence : « il y a quelqu'un qui m'aime ! » puis rentra dans la maison afin de savourer cette lettre et de la mettre avec les autres. Elle était dans son deuxième monde, l'autre elle.

Malgré toute sa stupeur, papa suivit maman et vit donc où étaient rangées les autres missives. Il les parcourut rapidement. Le choc fut encore plus terrible. Il reprit ses esprits, un quart de seconde plus tard il comprit tout le bénéfice de la situation. Il avait toutes les cartes en main. Oui ! Elle était complètement fautive. Tout lui incombait. Il en avait la preuve.

Il tenta de discuter, d'entamer une conversation. Il avait pris les lettres et les montrait à maman. Il n'eut même pas le temps de hausser le ton. Elle n'était plus là, elle n'était plus elle, plus maman. Son visage se tourna vers la main qui tenait encore ses lettres.

Il s'avança prudemment. La situation échappait à ses sens. Il avait imaginé souvent la dureté de la dispute, son âpreté. Cette peur avait toujours retardé l'inéluctable confrontation à la vérité de leur couple. Maintenant il y était, il n'était plus possible de reculer. Et même si tout allait dans le sens de ce qu'il désirait, il n'avait pas échafaudé un tel scénario qu'il ne maîtrisait absolument pas. Il regarda sa femme. Il crut l'entendre revenir à la raison, se lever, jeter les lettres et revenir à la réalité. Il crut encore que la situation allait redevenir normale. Lui-même n'était plus tout à fait lucide. Une vision onirique lui fit entrevoir une dernière fois le sourire de maman en se dirigeant vers lui. Mais un ressort psychologique soudain ouvrit son esprit à ce que voyaient réellement ses yeux.

L'horreur était toujours présente. La face de maman se crispait en une grimace de colère, elle prit la laideur d'une furie, ses yeux fixés sur la main qui tenait ses lettres d'amour. Dans un cri elle se rua pour les récupérer. Elle les arracha pour les coller contre elle. Sa fureur augmentait avec la force et la puissance de ses hurlements. Dans ce flot, ce vacarme, on comprenait quelques bribes : « c'était à elle, on n'avait pas le droit, c'était sa vie ! ». Elle se retrouva vite en position fœtale au coin du lit et de la table de chevet. D'un coup le bruit cessa. Elle tremblait, respirait par saccade, les yeux écarquillés, hagards, ils ne fixaient plus rien pas même le lointain. Elle bougeait en un léger balancement, marmonnant comme en prière, une litanie inaudible. Il essaya de l'approcher. Elle restait cloîtrée dans ce délire incompréhensible. Elle n'était plus accessible.

Il vit alors les enfants à la porte de la chambre, visiblement choqués et interrogatifs. D'un signe il leur intima de rester éloignés, de ne pas rentrer. Il ne voulait pas qu'ils la voient dans cet état.

Il se dirigea vers maman pour essayer de la calmer et de la comprendre. Il posa sa main sur son épaule. Mais non, espoir vain. Immédiatement les cris et les hurlements reprirent, elle battait des pieds et secouait la tête en serrant contre sa poitrine ses chères lettres. Il recula. Le calme revint. Une nouvelle tentative d'approche provoqua une autre crise. Il comprit qu'il ne pouvait plus rien pour elle.

Ils sortirent de la chambre. En fermant la porte, papa prit sa fille dans ses bras. Il sentit sur son épaule les sanglots et les larmes de la petite. Le garçon suivait en silence. Ils étaient pleins de questions mais il ne sut pas trop comment leur expliquer la situation. Ce n'était pas ce à quoi il s'attendait, il aurait préféré une dispute ordinaire.

C'est le SAMU qui vint les délivrer. Le médecin sut trouver les mots pour lui demander d'accepter le cocktail de calmants puis de sortir de la chambre et de l'accompagner jusqu'à l'ambulance avec ses lettres, bien sûr. Il prévint papa qu'il emmènerait maman d'abord aux urgences psychiatriques pour, en toute probabilité, envisager une hospitalisation en établissement spécialisé.

15

FAIT DIVERS 2

Le mari, sa femme et leurs enfants étaient très fiers que leur maison fut choisie pour être refaite de fond en comble. Elle était devenue d'un coup de baguette magique confortable et vivable, préservant l'intimité de chacun. Les travaux avaient été bien faits et le style de décoration leur convenait, il correspondait à leurs goûts. Leurs amis avaient bien vendu le projet à la production de l'émission. Ils s'en doutaient déjà un peu mais là ils eurent la preuve que certaines personnes de leur entourage les aimaient et les appréciaient. Et si ce n'était pas dit clairement dans le programme, eux savaient parfaitement de qui il s'agissait. Il fallait donc d'une façon ou d'une autre les remercier.

La manière la plus simple fut d'organiser des fêtes, des barbecues, qui se terminaient invariablement en beuveries. L'extérieur de la maison ayant aussi été aménagé, ils ne se privaient pas d'en profiter. Les invités et leurs hôtes attaquaient d'abord à la bière puis les cubis de rouge pour se finir à la prune et autres alcools forts. Le problème que cela posait était que si la soirée commençait dans la maison, invariablement elle se finissait dehors. Et il n'y a pas de réunions de poivrots qui se terminent dans le calme. Tout le monde chantait, criait, hurlait, allant même jusqu'à se battre. Sans danger, ils étaient trop saouls pour se faire mal, ils titubaient en vociférant plus qu'autre chose. Ou, si par hasard ils n'étaient pas trop enivrés, les discussions à voix haute devant les voitures en marche étaient interminables. Parce que leurs voitures aussi faisaient entièrement partie du problème. Tous ces amis avaient une même passion, le tuning, la transformation d'une voiture ordinaire en automobile frisant le ridicule par exagération, boursouflures de carrosserie et sono surpuissante. C'était ces jours-là un défilé.

Ils faisaient cela sans tenir le moindre compte des nuisances sonores qui dérangeaient les voisins les plus proches, entre autres les propriétaires de la maison en bois qui, après leurs journées de travail, aspiraient à un repos bien mérité, au calme. Mais non, assez régulièrement ils subissaient ces assauts de bruits. Ceux-ci pouvant commencer dès la fin de l'après-midi au retour du travail du mari quand il en avait ou au retour du collège du grand, celui-ci aidait son père dans ses tentatives de bricolage en mécanique et en carrosserie.

La femme avait besoin d'une voiture pour aller travailler, il fallait qu'elle soit fiable, donc personne n'y touchait, de plus elle ne voulait pas être ridicule dans une voiture transformée comme dans le film « Fast and Furious ». Mais le mari avait récupéré on ne sait où ni comment une voiture cabriolet qu'il avait entrepris de restaurer à son goût c'est-à-dire dans le style tuning le plus outrancier. Mais, de la même façon que pour la maison, faute de moyens et de capacités, les transformations prenaient beaucoup de temps. Tout brinquebalait, rien n'était fini et la qualité du travail laissait fortement à désirer. Son auto était encore loin d'un état concours. Toutefois, à part la carrosserie qui était maculée de mastic et de tentatives de peinture, deux travaux d'importance avaient été menés à bien : le changement de la ligne d'échappement plus aux normes évidemment et la sono, énorme.

Cette voiture quittait rarement le garage, il n'était même pas sûr qu'elle soit assurée. Mais de temps en temps, pour « travailler » dessus, il la sortait et il circulait dans les petites rues du lotissement sans jamais aller plus loin. Là il s'en donnait à cœur joie faisant ronfler le moteur, accélérant à faire crisser les pneus, essayant d'imiter les pros du drift. Il en profitait aussi pour tester la puissance de sa sono. Les deux bruits mélangés agaçaient (pour être poli) les habitants du quartier qui les subissaient. La police avait été quelquefois prévenue, une fois elle s'était déplacée, trop tard, la voiture avait déjà regagné son garage. Mais la majorité des habitants avaient peur de la réaction de la famille et des représailles éventuelles qu'ils pouvaient exercer. Du moins l'imaginaient-ils ainsi.

L'homme, le moniteur d'équitation, se trouvait bien seul face à cette famille pour le moins bruyante. Il avait quelquefois essayé de discuter, de les raisonner. Mais faire entendre raison à une telle famille relevait de la gageure. Ils étaient toujours d'accord, ils comprenaient que le bruit dérangeait le voisinage, ils promettaient de faire attention. Le calme revenait pour un temps seulement. Comme disait un homme politique, les promesses n'engagent que ceux qui y croient et cette famille appliquait cette maxime avec force et vigueur. La goutte qui fit déborder le vase, ou plutôt les gouttes, furent les soirées à répétition qui étaient organisées chez eux.

L'homme et la jeune-femme n'en pouvaient plus. Ils attendaient les samedis soir avec angoisse. Celle-ci se précisait quand ils voyaient arriver le ballet de voitures tunifiées qui se garaient devant la maison. Leur angoisse et leur stress augmentaient lorsqu'ils voyaient les occupants des véhicules sortir en tenant des packs de bières, des cartons de vins et autres alcools. Ils savaient que leur soirée à eux serait fichue et qu'ils ne pourraient retrouver leur tranquillité qu'une fois tout le monde parti, à une heure tardive de la nuit.

Il eut fallu porter plainte mais le courage dans le quartier manquait et eux rechignaient à faire appel à la police, cela allait contre leurs principes. Ils pensaient que la discussion pouvait faire avancer les choses vers de meilleures relations entre voisins. Donc, l'homme, régulièrement allait trouver la famille afin de discuter. Mais au fur et à mesure de ses visites la famille ne le supportait plus et les discussions commençaient à être de plus en plus tendues jusqu'à aller aux insultes et aux menaces de représailles de la part de la famille envers lui, la jeune-femme et leur maison qui pouvait, selon ses dires se retrouver en cendres et que de toute façon il « les emmerdait tous ! » Ce fut là un point de non-retour.

Il fallait se rendre à l'évidence, la discussion sereine et rationnelle n'avait aucune prise sur cette famille. Il convenait donc d'agir si on ne voulait pas abandonner et laisser le champ libre à toutes leurs exactions. Cela méritait réflexion, comment trouver la manière la plus simple de leur faire comprendre qu'ils « emmerdaient » littéralement tout le quartier avec leurs voitures de « merde » et leurs soirées de « merde » ? Une action possible commença à poindre dans l'esprit de l'homme. Ils allaient avoir ce qu'ils semaient, tout à fait en rapport avec la qualité des relations qu'ils entretenaient. Le club de poney allait être nécessaire à l'exécution de ce projet.

Il y avait derrière les écuries une charrette remplie de fumier. L'homme s'attela à la charger encore plus jusqu'à faire une pyramide qui dépassait des ridelles. Après l'avoir accrochée au tracteur, il se dirigea vers la maison de ses bruyants et malpolis voisins. Il comptait seulement déverser son chargement dans l'allée de la maison afin que la voiture ne puisse sortir du garage. Mais une autre idée lui vint quand il vit la fameuse voiture hors de son garage, la sono en fonctionnement cachait le bruit de son tracteur, son arrivée fut discrète, personne ne le remarqua. La manœuvre ne demanda que quelques minutes. Il recula pour positionner l'arrière de la charrette près de la voiture. La ridelle arrière s'ouvrait automatiquement en cas de basculement. D'un seul coup de manette, la totalité du chargement ensevelit aussitôt la voiture. Il était d'autant plus content que la capote était baissée et que la majeure partie du fumier se trouva dans l'habitacle. Le remplissage eut le bonheur d'assourdir la musique, on entendait plus qu'une sorte de boum-boum.

Mais il y eut un sérieux problème qui ne fut découvert que plus tard. La musique si puissante avait bien masqué le bruit du tracteur, le mari ne put donc pas réagir à son arrivée. Il était à ce moment-là recroquevillé devant les sièges, sous le volant en train de traficoter des fils électriques pour une raison quelconque. Il n'eut même pas le temps de réagir quand la masse de fumier puant se déversa sur lui. A peine ouvrit-il la bouche pour crier qu'une quantité de purin lui remplit la gorge. Les portes étaient étanches, dans sa position il lui était impossible de se dégager, le poids était trop important. Plus il ouvrait la bouche, plus il essayer de respirer plus le liquide nauséabond l'étouffait. Il ne fallut pas plus de deux ou trois minutes pour qu'il ne rende son dernier souffle. Il mourut dans sa voiture de merde, recouvert de merde, étouffé par de la merde. Une mort conforme à la personne.

Son forfait commis, l'homme contempla son œuvre avec une certaine satisfaction, un sourire de contentement ouvrait son visage. Il avait marqué un point dans cette guerre. Certainement auront-ils compris à qui ils avaient à faire et ne recommenceront-ils pas leur vacarme. Tranquillement, avec le sentiment du devoir accompli il alla ranger le tracteur derrière sa maison, il prit soin de profiter des restes de fumier pour l'épandre avec la fourche dans son potager et de remettre celle-ci dans la remorque, c'est au club qu'il en avait besoin.

Le soir, quand toute la famille fut rentrée, la stupéfaction se lisait sur tous les visages, sauf le mari absent bien sûr. Ce moment passé, tous s'inquiétèrent de sa disparition, cela n'était pas dans ses habitudes. On fit sonner son téléphone, rien, messagerie ; on appela les amis, rien non plus. Ils ne laisseraient pas passer la nuit dans l'angoisse, ils n'avaient pas encore fait le rapprochement avec le tas de fumier sur la voiture. Ils pensaient bien que le voisin en était responsable, mais c'était moindre mal par rapport à la disparition du mari. Le grand se rappela que son père lui avait demandé de l'aider quand il rentrerait du collège. Une vision d'horreur s'imprima dans l'esprit de chacun. Tous se précipitèrent vers la voiture. À main nues ils dégagèrent le fumier pour ouvrir une porte. L'horreur se confirma. Le cadavre du mari gisait là où il avait péché, il était déjà dans une caisse.

16

FAIT DIVERS 3

La jeune femme était contente d'avoir décroché ce job complémentaire à ses activités, exercer son art et en plus, s'occuper d'une personne âgée étaient parfaitement dans ses capacités. D'autant que sa clientèle en cabinet ne lui apportait pas des ressources suffisantes. L'autre bon point c'est que Monsieur n'avait pas discuté ses tarifs, il se révélait même généreux et comme c'était sur du long terme, cela lui assurait un revenu supplémentaire conséquent. Elle allait tout faire pour donner satisfaction à ce couple, il le méritait. Elle allait leur montrer qu'elle le méritait aussi, elle ne voulait pas les décevoir. Cet argent était très important pour elle. Car, malgré son éthique d'autosuffisance et sa volonté de se débarrasser des aspects matériels de la vie, de se contenter de peu, elle aurait aimé que ses meubles dans sa maison en bois solidaire soient autre chose que des palettes transformées en divan, canapé, table basse, sommier, où une ancienne bobine de câble faisant office de table dans la salle à manger. Sans avoir des goûts de luxe, elle acceptait ces petites contradictions en rêvant à du mobilier neuf qui viendrait d'un magasin et non d'un vide-grenier ou d'une communauté bien connue. La modernité et son confort face à un choix de vie alternatif, elle avait à gérer un petit dilemme. Celui-ci, d'ailleurs ne s'arrêtait pas aux biens matériels. Elle se savait plutôt jolie fille, elle aurait aimé se mettre un peu plus en valeur avec les produits de maquillage qu'elle se refusait.

Monsieur, quant à lui était aussi très content de ce choix. La jeune femme était charmante, il était persuadé que la période d'essai serait un succès. Il eut tout à fait raison. Madame appréciait la jeune femme et, grâce à ses soins et à ses attentions, son état autant physique que mental s'améliorait sensiblement. Les résultats étaient maigres mais ils étaient là. Une sorte de complicité commençait à naître entre les deux femmes, elles semblaient vraiment s'apprécier mutuellement. Les visites de l'après-midi se concluaient invariablement devant une tasse de thé agrémentée de quelques biscuits ou d'un gâteau fait avec l'aide de la jeune-femme. Madame lui donna donc toute sa confiance. Elle lui fit les honneurs de la maison, une visite en règle, même le garage où monsieur rangeait son inestimable collection. Pour avoir accumulé ce genre de pièces, elle avait bien compris que le couple n'avait pas de soucis financiers. Elle comprit aussi que certains objets avaient une valeur assez importante, pour ne pas dire très importante. La fin de la visite marquait aussi la fin de son service ce jour-là.

En retournant à son domicile, elle fit de nouveau le tour de la maison dans sa tête et tout ce qu'elle avait vu la rendait un peu jalouse. Si les meubles pseudo-bourgeois ne la faisaient pas rêver, en revanche, la collection lui donna des pensées d'actions illégales qu'elle n'eut pas de peine à justifier. Elle se forgea un étrange sentiment d'impunité voire de réparation d'une certaine injustice à son égard. Lors de sa visite suivante, elle réussit à prendre quelques photos dans le garage. Elles lui permirent de faire des recherches afin d'en connaître la valeur, de savoir s'il existait un marché et de commencer à appâter les acheteurs éventuels.

Finalement, un seul objet fut nécessaire à la réalisation de ses vœux, la calandre de Bugatti, pièce maîtresse de la collection. Elle n'avait même pas imaginé qu'il pût s'en apercevoir. Pour elle, cette collection faisait un bloc, qu'il en manque un morceau et un seul ne pouvait pas se remarquer, fut-il de cette taille. Cela faisait tellement longtemps qu'il la possédait qu'il ne remarquerait pas sa disparition. Elle n'était même pas mise en valeur ou exposée spécialement. Elle était simplement posée là avec le reste. Récupérer la calandre sous le nez de madame fut une formalité et la vente fut tout aussi rapide. L'acheteur se déplaça en personne, il ne voulait pas risquer une perte ou une dégradation par l'emploi d'un transporteur. La transaction se fit en liquide et l'acheteur retourna dans son pays, vers l'est. Il était très pressé de conclure l'affaire et de repasser les frontières.

Elle n'avait jamais eu autant d'argent entre les mains, au grand étonnement de son homme. Celle-ci avait prévu sa réaction, la réponse était déjà prête, c'était une avance sur l'héritage de ses parents, elle en avait plus besoin qu'eux en ce moment et c'était leur idée et leur initiative. Elle put donc assouvir ses désirs mobiliers et esthétiques tout en continuant d'aller chez madame pour assurer son travail et la regarder droit dans les yeux sans une once de remords ou de culpabilité. Elle trembla une seule fois lorsque monsieur fut présent lors d'une de ses séances. Personne ne semblait avoir remarqué la disparition de la calandre. Tout allait pour le mieux.

117

Sauf qu'un jour, après avoir acquis une nouvelle pièce, il entreprit, lorsqu'il l'eut reçue de la ranger, ou plutôt de la classer. Il fit donc le tour de ses armoires et étagères afin de trouver la place adéquate. Il était ravi de cette nouvelle acquisition. Ceci fait, il alla retrouver madame au salon afin de lui parler de son achat. Il savait bien que cela ne l'intéressait guère mais il était important qu'elle participe à la vie de la maison même si ses capacités ne le lui permettaient pas pleinement de le faire. Tout en parlant il fit mentalement de nouveau le tour de la pièce. Il lui semblait que quelque chose clochait, il ne sut dire quoi, cela le tracassa une bonne partie de la soirée, il ne voulait pas y croire, cela lui semblait impossible. Tant qu'il voulut en avoir le cœur net. Il prit donc la direction de la salle aux trésors, il savait où regarder. Dès l'entrée dans la pièce son regard se dirigea vers un endroit précis. Celui-ci aurait dû contenir quelque chose et cette chose n'était plus là ! Ses sens ne l'avaient donc pas trompé, l'image du vide était bien réelle.

Il essaya de garder son calme, de se raisonner. Il alla trouver madame pour la questionner. Il savait que l'entreprise serait difficile mais il voulait comprendre et il n'y avait que deux personnes qui pouvaient entrer dans la maison. Il comprit que madame avait montré la maison à la jeune femme ainsi que le garage. La déduction était facile. Mais avant toutes demandes d'explications et d'actions de représailles, il voulait être sûr de ce fait : le vol d'une pièce de sa collection par la jeune femme qui venait aider madame. Il fit le tour des forums spécialisés, il ne fallut que quelques clics pour voir que sa calandre n'était même plus en France, qu'elle faisait désormais partie d'une autre collection et surtout qu'il lui serait très difficile sinon impossible de la récupérer. Il sentit une immense colère monter en lui. Il fallait trouver un moyen de réparer cette faute. Avant de prendre sa voiture, il glissa dans sa poche un pistolet qu'il tenait de son père. Puis il se ravisa. Il était sur le point de commettre un délit grave qui potentiellement méritait les assises. Il voulut prendre des précautions qui protégeraient madame. Il retourna dans la maison pour rédiger une lettre à destination de ses enfants. Quand il eut fini, il était trop tard pour agir.

Le lendemain les phares éclairaient la nuit. La maison en bois n'était pas loin. Il s'arrêta devant ce qui était l'entrée du terrain, il n'y avait pas de clôture. Pendant tout le trajet il avait ruminé, il avait échafaudé froidement, rationnellement, maints scénarios possibles en fonction des réponses qui pouvaient lui être apportées. Ils allaient de l'espoir le plus puéril à la haine la plus sordide.

La maison était éclairée, au moins étaient-ils là. D'un pas sûr il se dirigea vers la porte, la main dans une poche tenant le pistolet, l'autre cogna sèchement l'huis. C'est lui qui vint ouvrir. À peine la porte fut-elle entrebâillée que monsieur donna un coup d'épaule ce qui eut pour effet de faire chuter l'homme. Une fois à l'intérieur il referma la porte et y colla son dos. La jeune femme poussa un cri, l'homme ne comprenait pas encore la situation. Tout en le visant monsieur lui intima l'ordre de se rendre auprès de sa femme.

Il les gardait en joue. Le calme était revenu mais la

tension ne pouvait que persister et croître. Il se passa quelques secondes avant que l'homme ne prît la parole. La jeune-femme avait compris mais ne disait rien pour le moment, elle était pétrifiée par la peur et commençait à saisir l'irresponsabilité de ses actes. Il voulait savoir. Il eut donc un exposé des motifs et du résultat du vol. Et surtout la preuve qu'il ne récupérerait jamais son bien.

L'homme se retourna vers sa femme l'air interrogateur de celui qui découvre une horreur, comme une trahison qui demande pourquoi ? Mais pourquoi ? On n'était pas suffisamment heureux avec ce qu'on avait ? Tu avais vraiment besoin de tout ça ? Pourquoi tu m'as menti ? On aurait pu en parler !

Monsieur ne se laissa pas attendrir par les discours d'excuses. Les pleurs et les contritions à retardement le laissaient froid, le mal était fait, il était trop tard, il eut fallu y penser et y réfléchir avant de commettre le délit. Il jeta rapidement un regard autour de la pièce. Pendant la discussion une idée avait germé, ses scénarios étaient loin maintenant. Il prit quatre lanières de cuir qui devaient probablement servir de rênes puis attacha les mains dans le dos de l'homme et de la jeune femme. Tous les trois sortirent de la maison. Il les fit asseoir dans le jardin et leur lia les pieds. Il retourna dans la maison, il ouvrit portes et fenêtres puis revint vers ses prisonniers, se postant derrière eux. L'attente pour comprendre ce qu'il avait trafiqué à l'intérieur ne fut pas longue. D'abord un scintillement, puis une odeur et enfin une petite fumée s'échappait des fenêtres. Il avait mis le feu.

Leurs regards et leurs sentiments étaient diamétralement opposés. L'un était satisfait, les deux autres étaient horrifiés, ils voyaient leur habitation dévorée par les flammes sans pouvoir rien faire. Mais les liens mal ajustés de l'homme n'étaient pas suffisamment serrés. Il parvint à se détacher. Il bouscule monsieur qui rattrape vite son équilibre et qui le poursuit en le menaçant de son arme. L'homme saute pour se protéger derrière la remorque à fumier, celle-là même qu'il avait utilisée quelques heures plus tôt chez son voisin. Le faible éclairage du feu ne permit pas à monsieur de voir qu'une fourche se trouvait en travers de la remorque. Elle dépassait, les dents dehors, le manche coincé par l'autre ridelle. Il veut sauter lui aussi mais son âge ne lui permet pas un tel exploit, il trébuche et s'empale la poitrine sur la fourche. Les quatre pointes ont déchiré le dos de sa chemise après avoir troué le devant. Mauvais karma, elle aurait pu glisser sur les côtes mais non, elle préféra se ficher juste en dessous du sternum où elle serait sûre de transpercer le corps de l'incendiaire. Mort sur le coup il tombe à genou, le menton sur le torse, le front contre le manche, les bras ballants. Le sang suintant à travers les plaies.

Ils appelèrent les pompiers. Ils ne sauvèrent pas la maison qui fut définitivement détruite par les quantités d'eau déversée. Ceux-ci ne touchèrent pas le cadavre de monsieur, ils laissèrent cette corvée au médecin légiste et à la police. Les premiers interrogatoires de l'homme et de la jeune-femme établissaient bien le caractère accidentel de la chose mais n'expliquaient pas encore le motif de l'incendie. L'enquête qui débutait donnerait les informations nécessaires. Bientôt les problèmes avec les voisins et sa tentative de résolution seront mis en lien. Mais l'homme ne savait pas encore que son acte avait été mortel.

17

LA LETTRE AUX ENFANTS

« Mes chers enfants,

Il n'est pas sûr que ce soit la première lettre que vous recevez de ma part si vous vous souvenez de vos séjours en colonies de vacances. Mais il y a de forte chance que ce soit la dernière. Je m'apprête à commettre un acte condamnable, répréhensible, toutes ces sortes de choses que mon cœur et mon âme désirent mais que la morale et la société humaine réprouvent en toute conscience.

Vous connaissez ma passion pour ce qui a trait à l'automobile. J'ai, et vous le savez, une collection qui comprend quelques pièces exceptionnelles que tout amateur aimerait posséder. Justement, un des objets principaux de cette passion m'a été dérobé par une personne en qui nous avions totalement confiance, votre mère et moi. Trop manifestement. Je sais qu'il me sera impossible de récupérer cet objet et même si la justice me donnait raison et me dédommageait du préjudice, il me manquera toujours quelque chose, il y aura toujours un vide qu'aucun argent ne pourra combler. Je sais que cela peut paraître bizarre d'être tant attaché à un objet qui ne restera qu'un objet.

Alors, me direz-vous, pourquoi commettre cet acte de représailles envers la voleuse et ne pas laisser faire la justice ?

Finalement, j'ai bien réfléchi, je me suis penché sur ma vie, hier soir, pour tenter d'éviter les actes impulsifs. J'ai fait une sorte de rétrospective, une introspection et ce que j'en ai déduit ne m'a pas complètement enchanté, pas du tout en fait.

Quelle a été ma vie avec vous et votre mère ? Elle fut on ne peut plus ordinaire, avec seulement ce petit plus de moyen que les autres qui vous permit de faire quelques études, ou de nous acheter cette maison, ou d'avoir une plus grosse voiture, ou de partir en vacances, ou de mieux manger, de mieux boire, ou même cette collection. C'est cela le bonheur, avoir ce plus que les autres n'ont pas ? Et ceux qui ont plus, sont-ils pleinement satisfaits, heureux ? Je ne vois maintenant que tristesse ! Quelles joies ont été les nôtres ? Nous n'avons rien fait, nous avons vécu mais pas pour vivre. Nous n'avons eu aucune réflexion sur notre condition et vous, mes chers enfants, vous la reproduisez à merveille. Vous êtes aussi ordinaires que nous l'avons été. En tant que parents nous avons certainement une responsabilité dans cet état de fait.

En revanche je ne sais fichtre pas quoi il aurait fallu faire. Nous étions aveuglés par notre confort et la nécessité impérieuse de le préserver. De fait, nous étions, nous sommes parfaitement intégrés à cette société, celle qui promet le bonheur dans la consommation. Nous sommes certainement passé à côté de quelque chose mais je le redis, je ne sais pas quoi ni comment nous aurions pu faire. Le leurre consumériste est bien plus fort. Ceux qui doivent bien rire sont ceux qui nous mettent dans cet état, consciemment et consciencieusement. C'est effectivement un vrai progrès pour l'humanité que de pouvoir choisir entre trois cents et trois cent cinquante desserts lactés différents présents dans les rayons de n'importe quel supermarché (c'est un exemple parmi bien d'autres).

Comme moi vous n'êtes rien. Ou si peu, quantité négligeable selon la hauteur du regard. Toute existence peut facilement être remplacée par une autre.

Car demain je vais vivre, je vais me sentir exister. Je serai dans l'illégalité c'est sûr. Je ne serai pas dans la vengeance mais dans l'expérience d'autre chose que ce qu'on nous propose chaque jour et que nous avons accepté. Il me faudra tout le courage que je n'ai pas eu jusqu'ici et je ne savais pas si je pouvais l'avoir. Je ne sais pas la tournure que prendront les événements, mon instinct me dictera la marche à suivre quand je serai sur place. Il n'est pas sûr que des barreaux nous séparent la prochaine fois que nous nous verrons, il n'est même pas sûr que ce soit dans ce monde-là. Toutes les hypothèses sont permises et c'est cela qui me plaît, c'est cela dont j'ai envie, contrairement à notre vie passée s'écoulant chaque jour identique.

Je ne connais pas demain. Et je ne veux en connaître plus aucun.

Il reste un petit souci à régler au cas où... Votre mère, il faudra que vous vous en occupiez.

À bientôt, ailleurs.

Votre père. »

18

FAIT DIVERS 4

Le caïd ne savait pas depuis quand il voulait le garçon. Pour lui il ne pouvait y avoir qu'une femme avec un homme. C'était une évidence. Ses parents en étaient la preuve comme tous les parents du monde et pour que le monde existe il fallait que cela soit comme ça. Il avait lutté pour rester un être masculin. Mais cette lutte avait caché une réalité inavouable. Il avait le corps, l'apparence, les attitudes mais pas l'esprit. Il mentait, il se leurrait comme il leurrait tout son entourage, sa bande de copains comme les filles qui voyaient en lui un mâle dominant.

Il voulait surtout cacher sa sensibilité qu'il exerçait quelquefois le soir en faisant vaquer son esprit. Dans sa tête il inventait des histoires qu'il écrivait parfois mais il avait peur qu'elles ne soient découvertes et que l'on se moque de lui, que l'on pense qu'il n'était pas ce qu'il montrait, qu'il n'était pas ce que ses parents voulaient qu'il soit. Ces trucs, ces choses comme auraient dit ses parents, n'auraient pu être compris d'eux. Une histoire qu'il avait écrite il y a peu, celle de la bûche résumait bien son sentiment et ses impossibilités morales vis-à-vis du garçon.

Il savait ce qu'il était, il le refusait, il le combattait parfois violemment envers les autres et lui-même, mais ce dernier aspect, personne ne le connaissait. Il avait su un jour que des religieux membres de l'Opus Dei, pour se prémunir de la tentation, plaçaient autour de leur cuisse une sorte de collier avec des pointes vers l'intérieur, pour que la douleur leur rappelle constamment leur état de pécheurs potentiels. La douleur comme avertisseur du mal.

Ne pouvant le faire dans la journée par crainte du regard et des questions que ne manqueraient pas de poser les autres, il prit l'habitude de s'infliger des douleurs le soir jusqu'au moment de l'endormissement obligatoire. Il pensait, il espérait, il priait pour que cela soit un remède à ce qu'il considérait comme le mal absolu : un homme qui aime les hommes, dans la chair. Vision d'horreur. Cela ne pouvait être, pas lui, pas avec son éducation.

Mais vision de bonheur quand pour la première fois il l'aperçut, ce garçon, ce nouveau. Il l'a senti. Il a immédiatement deviné ce qu'il était et le danger qu'il représentait pour lui. Il a senti la bataille féroce, le combat acharné, le duel à mort dans son esprit. Qu'il crut gagné quand il a vu ce garçon embrasser une fille. Il fut donc obligé de cesser ce combat visible. Mais le sien, l'invisible, l'intérieur redoublait de violence, la jalousie entrait en scène. Ce garçon il le voulait pour lui. Il saura endurer pour l'avoir.

L'acharnement effectif sur le garçon n'aura pas été trop long. Le temps qu'il ordonne de le laisser tranquille. Il le prendra même sous sa protection avec le risque d'incompréhension de la part du groupe. Mais le caïd a eu une idée pour que le monde reprenne sa marche normale.

Pour un exposé à présenter en classe, il a demandé à faire équipe avec le garçon. Chacun est ravi, des élèves aux professeurs, que les tensions qui ont pu exister entre eux soit du domaine du passé. Un bon élève qui en aide un en difficulté à préparer un travail, le résultat ne pourra être que satisfaisant. On pouvait les voir discuter, lire au centre de documentation, prendre des notes, tout était parfait, calme, réfléchi. La finalisation du travail se fera chez le caïd, il était fier, sa maison venait d'être rénovée, gratuitement, pour une émission de télé. Il allait pouvoir tester l'intimité de sa nouvelle chambre.

Le jour dit, tandis qu'il agite le tisonnier dans la cheminée pour attiser les quelques dernières flammes qui consument des bouts de papiers, le garçon sonne à la porte, il lui ouvre, l'invite à rentrer et à s'asseoir dans le salon. Ils sont tous les deux abattus par les événements récents dans le lotissement.

– je ne comprends pas ce qui arrive ici, je suis complètement désemparé. Ma mère vient d'être internée, elle est soi-disant schizophrène, un trouble de la personnalité. Ça me bouleverse.

– J'ai appris ça, les nouvelles vont vite, j'ai cru comprendre qu'elle avait reçu des lettres anonymes ?

– Oui, et comme le monde est bien fait, mon père en a profité pour officialiser sa liaison avec sa maîtresse en demandant le divorce. Vu l'état de ma mère il aura notre garde, ma sœur et moi.

– Nous aussi nous avons eu notre lot de malheur. Mais si je suis triste de la mort de mon père, je me dis aussi qu'il n'a pas été le père formidable que je pensais avoir. Il est parti avec ses idées. Je crois qu'il me manquera. (Mais je crois qu'il vaut mieux qu'il ne soit plus là pour voir son fils se dévoyer avec ce garçon, pensa-t-il).

Ils continuèrent un peu de discuter tout en se rapprochant l'un l'autre à se toucher. Le grand passe son bras autour des épaules du garçon, il baisse les yeux par timidité. De son autre main il lui soulève le menton et pose un baiser dans son cou, léger frisson, sourire. Si le canapé s'avère confortable, une chambre semble plus adéquate sur ce qu'ils imaginent de la suite. Ils montent à l'étage.

Il a maintenant un grand lit. Sa mère est absente. Par encore rentrée du travail. Le frère est à l'étude puis il sera à la garderie de l'école. Elle le prendra en passant. Ils ont une bonne heure de tranquillité devant eux. Parce qu'ils savent qu'ils ne vont pas travailler. Ils n'ont plus besoin de parler. Les regards et les gestes sont suffisants. Ce qu'ils ne savent pas c'est que cela sera leur première fois à chacun.

Ils ont rêvé sur des amis, des parents, des connaissances, des rencontres, ils se sont caressés, solitairement. Les premiers plaisirs de la découverte de la sexualité. Le garçon a lui déjà embrassé un autre garçon avec quelques attouchements mais sans plus. Ils savent que cet après-midi est à eux. Personne ne les dérangera, il n'y a personne à la maison, qu'eux deux.

Les sacs glissent des épaules. Il y a une égalité de taille mais l'un est frêle, l'autre plus fort. Ils sont face à face, ils peuvent se sentir respirer. Leur tête se penche légèrement pour que leurs lèvres se touchent en douceur.

Un contact, puis deux, puis trois et c'est enfin le baiser libérateur, celui qui va délier les corps. Les mains palpent, caressent, ouvrent les vêtements. Tout en s'embrassant les vestes et les chemises sont retirées. Ils ont un mouvement de recul, ils sont à demi-nu. Qui prendra l'initiative de défaire la ceinture pour que le pantalon tombe et accéder au caleçon, dernier obstacle vers le sexe si désiré. L'accord est commun, les gestes sont faits de concert avec une douceur qui ne masque pas une certaine nervosité.

Les voilà nus maintenant, chacun pouvant vérifier l'érection de l'autre. Une bouche se retrouve seule pendant que celle de son partenaire s'affaire plus bas à maintenir cette érection si nécessaire à la suite qu'ils espèrent. Ils sont bien, ils n'ont pas peur. Tout au plus une légère appréhension de mal faire. Mais non, ils l'ont tant de fois rêvé que cela leur semble naturel. Les positions s'échangent.

Le caïd se laissera sodomiser en premier, le lubrifiant était à disposition. Il connaissait déjà le plaisir que cela pouvait procurer malgré les colliers de douleurs qui lui serraient les cuisses quand il se masturbait ou se logeait des objets dans l'anus, le soir dans sa chambre. Sans autre explication il préfère pénétrer le garçon en second. Ils se seront dépucelés mutuellement.

Pour la première fois le garçon a joui grâce à un autre mais réellement, pas par la pensée. Cette idée le remplit de bonheur. À lui maintenant d'être le réceptacle de la jouissance de son partenaire. Il commence en levrette mais ce dernier veut le prendre tout en le regardant. Il s'installe sur le dos, pose sa tête sur un oreiller puis se met en position pour le pénétrer. Instinctivement le garçon s'assoit sur son sexe les jambes bien ouvertes pour faciliter les mouvements, les genoux de chaque côté de son amant. C'est lui qui imprime le mouvement de va et vient. Il est heureux.

Le grand, sur le dos, passe un bras autour des épaules du garçon, il veut avoir sa tête en face de la sienne, front contre front, les yeux dans les yeux, comme pour profiter du regard de sa jouissance. De sa main libre il semble chercher quelque chose sous l'autre oreiller. Il lui murmure :

« Tu sais que nous faisons le mal, tu sais que nous sommes le mal, tu sais que le mal doit disparaître ! »

Il a sorti un revolver. Le garçon ne l'a pas vu, il n'a même pas entendu les propos du grand, il est tout à son bonheur, à ce plaisir qu'il veut partager. Le grand a lâché le corps du garçon mais celui-ci ne peut lever sa tête, il sent quelque chose de dur et froid sur son crâne qui l'empêche de bouger. Le clic entendu confirme la sensation métallique. Ses yeux n'auront que le temps de s'étonner, une déflagration puissante fait trembler les murs et exploser les têtes. Les corps se chevauchent encore quand se mêlent les sangs.

19

ÉPILOGUE

La bûche*

« *C'est l'histoire d'une bûche qui était amoureuse*

d'une autre bûche mais qui ne savait pas comment déclarer sa flamme.

Elle demande au fétu de paille qui lui répond :

Je ne sais pas, chez nous le coup de foudre est instantanément fatal !

Je brûle et me consume lentement, comment faire ?

(La paille réfléchit) J'ai une idée, inscris-toi au club des Buissons Ardents !

Le lendemain la bûche va frapper à la porte. Un œil l'observe derrière

le judas. Une trappe s'ouvre, elle entend une voix caverneuse lui dire :

— Entrée interdite. C'est un club privé. Réservé à son membre ! »

On ne peut pas*

« C'est interdit, on risque le trépas

comme le jour où on lui coupa

on ne peut pas, je ne veux pas

mais je ne peux être pas

sage. Nous sommes notre appât

je te désire, toi pas ?

Le désir te rattrapera

lorsque tu y goûteras.

Je t'attends pourtant ? on ne peut pas.

*Textes retrouvés par la police sur des feuilles partiellement brûlées dans la cheminée.

SOMMAIRE

FSC
www.fsc.org

MIXTE

Papier issu
de sources
responsables
Paper from
responsible sources

FSC® C105338